Über den Autor:

Sandro Hübner, wurde 1991 in Görlitz geboren. Besuchte erfolgreich die Schule und widmete sich mit 10 Jahren Kurzgeschichten, Gedichten und Vorträgen, die sehr umfangreich verfasst waren. Als er 17 Jahre alt war und sich als Schriftsteller die Zeit, für seinen Ersten Roman: SAD SONG - Trauriges Lied - nahm, machte ihm das Schreiben sehr großen Spaß. Sandro Hübner lebt in Berlin und arbeitet bereits an seinem nächsten Roman. Er hat mittlerweile Bestseller geschrieben.

Vom Autor bereits erschienen: www.sandrohuebner.de

Für dich Mama, Papa Oma, Opa und Ur-Oma

Alle Geschichten, wenn man sie
bis zum Ende erzählt,
hören mit dem Tode auf.
Wer Ihnen das vorenthält,
ist kein guter Erzähler.

E. Hemingway

SANDRO HÜBNER

DER MÖRDER WAR NICHT DER GÄRTNER

Roman

Bibliografische Information der Deutschen Nationalbibliothek:
Die Deutsche Nationalbibliothek verzeichnet diese Publikation in der Deutschen Nationalbibliografie; detaillierte bibliografische Daten sind im Internet über http://dnb.dnb.de abrufbar.

TWENTYSIX
Eine Marke der Books on Demand GmbH

© 2022 Sandro Hübner

Herstellung und Verlag:
BoD - Books on Demand, Norderstedt

ISBN: 978-3-7407-1056-9

Alle Rechte, einschließlich die des auszugsweisen Nachdrucks in jeglicher Form und der Übersetzung, sind vorbehalten. Das Werk darf – auch teilweise – nur mit Genehmigung des Autors wiedergegeben werden.

Alle in diesem Roman vorkommenden Personen, Schauplätze, Ereignisse und Handlungen sind frei erfunden. Etwaige Ähnlichkeiten mit lebenden Personen oder Ereignissen sind rein zufällig.

Inhaltsverzeichnis

Inhalt	Seite
Kapitel 1	7
Kapitel 2	15
Kapitel 3	27
Kapitel 4	41
Kapitel 5	51
Kapitel 6	61
Kapitel 7	69
Kapitel 8	77
Kapitel 9	85
Kapitel 10	93
Kapitel 11	101
Anmerkung des Autors	109

Kapitel 1

Fröstelnd stand das Häufchen Aufrechter vor dem kleinen Saal des Stadtteilzentrums im Hamburger Schanzenviertel. Sie alle waren dem Aufruf einer ökologischen Bürgerinitiative gefolgt, um dem Vortrag von Dr. Weinreb über die schleichende Vergiftung unserer Lebensmittel zu lauschen. Eine verhärmte kleine Frau in einem braunen Leinenmantel verteilte Flugzettel, die auf den Vortrag aufmerksam machten.

„Na, Sabine, bist du immer noch nicht alle Flyer losgeworden?", fragte ein junger Mann, der unbemerkt auf sie zugetreten war.

„Mensch, Joe, lange nicht gesehen. Schön, dass du auch zur Versammlung kommst!". Mit dem einen Arm deutete sie eine Umarmung des jungen Studenten an, während die andere Hand krampfhaft das immer noch viel zu dicke Bündel Flugblätter festhielt. Joe gab ihr einen eher angedeuteten Kuss auf die linke Wange und fragte vorwurfsvoll

„Warum hast du mich denn nicht angerufen, von dem Vortrag habe ich erst heute Morgen durch Zufall gehört!"

„Na, ja, jetzt bist du ja hier, das ist die Hauptsache", gab sie zur Antwort.

„Wir haben erst letzte Woche bei einer Sitzung unserer Ortsgruppe der ökologischen Liste von Dr. Weinreb erfahren. Einer der Parteifreunde, er studiert Chemie, hat ihn bei einem Praktikum bei der Windu-Gmbh kennen gelernt. Weinreb soll lange Jahre Leiter eines Untersuchungslabors für Lebensmittel, dessen Existenz maßgeblich von den regelmäßig eingehenden Aufträgen der Windu-Gmbh abhing, gewesen sein". Sie zog Joe am Arm in Richtung Eingang, wo sie sofort freudig von der Frau, die den Eingang kontrollierte und bewachte, begrüßt wurde.

„Ihr könnt euch eure Plätze aussuchen, für die paar Leute lohnt es sich nicht, Platzkarten auszugeben", meinte sie mit bekümmerter und bestürzter Miene. Freie Platzwahl, war was ganz Neues für die beiden. Die beiden setzten sich in die zweite Reihe, fast direkt unter dem Rednerpodium und Sabine fuhr fort, ihren Begleiter über den Gastredner des heutigen Vortrags, aufzuklären.

„Diese Windu-Gmbh produziert schon seit Jahrzehnten Trocken-Extrakte für Suppen und Saucen", erzählte sie, „diese eher kleine Firma war aber irgendwann in den Siebzigerjahren der Konkurrenz von Markenartikelherstellern nicht mehr gewachsen. Deshalb hatte der Juniorchef der Firma, Heinz Windisch, gegen den erbitterten Widerstand seines Vaters beschlossen, sich auf einen Exklusivabnehmer einzulassen. Die Rabbisch KG garantierte die langfristige Abnahme der gesamten Produktion jeweils für ein Jahr und bisher war der Vertrag auch stets ohne Probleme verlängert worden. Doch vor zwei Jahren, auf dem Höhepunkt der BSE-Hysterie, verlangte man die Vorlage von Untersuchungsberichten, in denen jedwede Verwendung von Rindfleisch ausgeschlossen wurde. Natürlich war eine derartige Umstellung der Produktion nicht von heute auf morgen möglich gewesen und so sollte das Lebensmittellabor eben ein dementsprechendes Gefälligkeitsgutachten erstellen. Dr. Weinreb hatte dies vehement abgelehnt und so war der Besitzer des Labors, wollte er nicht seinen wichtigsten Kunden verlieren, zur Entlassung des Laborleiters gezwungen gewesen".

Inzwischen hatte sich der kleine Saal des Stadtteilzentrums einigermaßen gefüllt und Sabine meinte zufrieden

„Meine Zettelverteilung hat sich vielleicht doch noch gelohnt!".

Beim prüfenden Blick nach hinten erkannte sie noch einige weitere Gesinnungsgenossen, wie Alfred, der in einem Nobelschuppen als Koch arbeitete. Sie beschloss, am Ende der Veranstaltung zu ihm rüberzugehen.

Ein Raunen im Publikum deutete die Ankunft des Redners an und kurz danach stand er auch schon an dem Rednerpult und überprüfte das Mikrofon.

„Guten Tag, meine Damen und Herren, wie ich sehe, scheint das Mikro seine besten Tage schon hinter sich zu haben. Aber in diesem kleinen Saal haben wir es vielleicht gar nicht nötig. Ich hoffe, Sie können mich auch so verstehen!".

An seiner Art zu sprechen, merkte man, dass die weiß Gott nicht seine erste Rede war. Höflich stellte er sich vor und begann seinen Vortrag damit, zu erklären, wie er als Chemiker überhaupt in die Situation gekommen war, als Gastredner für alternative Bürgerinitiativen aufzutreten.

„Jahrelang habe ich geschwiegen, obwohl ich bei meiner Arbeit als Laborleiter einer lebensmitteltechnischen Untersuchungsanstalt aus erster Hand erfahren konnte, wie sich die Beschaffenheit unserer Nahrung immer mehr verschlechtert. Teils aus Gewinnstreben einzelner schwarzer Schafe, aber auch durch den immer härter werdenden Preisdruck durch die Verbraucher sparen die Produzenten eben an den Zutaten. Da werden billigere Sachen zugekauft, mit künstlichen Aromen etc. aufgepeppt und bei jedem neuen Skandal nimmt man die Ware öffentlichkeitswirksam aus den Regalen. Tatsächlich friert man sie meistens nur ein oder stellt sie ins Lager. Um sie dann, sobald das Interesse etwas abgeflaut ist, wieder auf den Markt zu werfen. Viele der Besucher waren Studenten und wohl auch selbst häufig Kunden der Billig-Läden, deshalb schauten sie auch etwas schuldbewusst zu Boden, als der Redner seine Thesen vorbrachte. Es war leichter, den bösen Unternehmern die Schuld an den Lebensmittelskandalen der letzten Jahre zu geben, als sich vorwerfen zu lassen, selbst mitverantwortlich zu sein.

„Wenn wir nicht bereit sind, dem Viehzüchter, dem Weinbauern oder meinetwegen dem Wurstfabrikanten einen fairen Preis für seine Produkte zu zahlen, dann bleibt ihm doch kaum noch eine andere Wahl, als bei den Zutaten zu sparen!", rief Weinreb erregt, „und schuld sind auch die Diskont-Geschäfte, ganz besonders die Rabbisch-Brüder, die haben mit ihren Läden als Erste damit angefangen, die Produzentenpreise so extrem zu drücken. Was ihnen selbst nicht gerade zum Nachteil gereichte, wie man in der Statistik der reichsten Menschen Deutschlands im letzten Jahr sehen konnte", setzte er einen leichten Seitenhieb hinterher. Da stand in der hintersten Reihe eine kleine rundliche Frau auf und rief zornig nach vorne,

„Sie sollten sich was schämen, den Rabbisch-Markt anzuklagen, so billig können wir nirgends einkaufen! Schauen Sie sich das an in meiner Tragetasche. Dieselbe Menge würde im Supermarkt vom Kaufhaus 40 Euro kosten. Ich habe 27 bezahlt, sehen Sie?", rief sie aufgebracht und fuchtelte demonstrativ mit ihrem Einkaufsbeleg in Richtung Gastredner. Dem kam der Zwischenruf gerade recht, mit erhobener Stimme rief er

„Was glauben Sie eigentlich, wie diese günstigen Preise entstehen, gute Frau? Die Gebrüder Rabbisch verzichten bestimmt nicht auf einen Teil ihres Gewinns, um diese zu ermöglichen!" Weinreb verließ das Podium und mischte sich unter das Publikum. „Sondern sie setzen ihre Lieferanten so lange unter Druck, bis diese an die unterste Grenze der Kalkulation gehen. Und dann bleibt denen meist nur, entweder Leute rauszuschmeißen oder bei der Herstellung zu sparen. „Hier, diese Leberwurst", sagte er als er bei der Dame angelangt war und hielt triumphierend eine vakuumverpackte Wurst aus dem Korb in die Höhe, „Wissen Sie eigentlich, aus welchen Zutaten eine fachmännisch erzeugte Leberwurst hergestellt wird? Nicht gerade appetitlich, ich habe mal bei meinem Schlachter zugeschaut. Aber wenn ich mir vorstelle, dass bei diesen Zutaten dann auch noch gespart werden muss, da dreht sich mir beim bloßen Gedanken daran schon der Magen um!"

„Geben Sie mir sofort meine Wurst wieder, was fällt Ihnen eigentlich ein", schrie die Dame empört und verstaute das gute Stück wieder in ihrer Einkaufstasche.

„Wo sollen wir denn sonst noch sparen, wenn nicht beim Essen?" rief sie dem Doktor zu und wartete gespannt auf seine Antwort.

„Wo haben Sie denn die Lederjacke gekauft, die Sie gerade anhaben?", gab er statt einer Antwort zurück.

„War es etwa im Sonderangebot bei Kuhlmann?"

„Dort kauf ich mir doch keine Lederjacke!", antwortete sie beleidigt. „Die habe ich bei Leder-Schmid im Neuen Wall gekauft. Für was Gutes muss man auch etwas mehr ausgeben!", setze sie selbstbewusst hinzu.

Das war Wasser auf die Mühlen von Weinreb.

„Aha, und warum soll diese durchaus vernünftige Ansicht für Bekleidung gelten, und nicht für Lebensmittel? Ausgerechnet für etwas, was mehr als alles andere wichtig ist für unsere Gesundheit, unser Wohlergehen und nicht zuletzt für unseren guten Geschmack, dafür sollen wir nie etwas mehr, sondern am liebsten immer weniger ausgeben, oder was?" Er redete sich richtig in Rage. Unterdessen war eine der Demonstrantinnen interessiert zu der Runde gestoßen und als die Dame in ihr eine Nachbarin erkannte, fing sie sofort an zu schimpfen.

„Frau Krüger, machen Sie da etwa auch mit bei dieser Öko-Geschichte? Sie kaufen doch sonst auch immer im Rabbisch Markt ein!"

Eine leichte Röte überzog das ansonsten blasse, wenn auch nicht hübsche Gesicht der zartgliedrigen Frau.

„Ja, Frau Marko, von den paar Euro Arbeitslosenhilfe kann ich mir nicht leisten, in den Delikatessenladen zu gehen. Aber deshalb will ich trotzdem gesunde Lebensmittel!"

Kapitel 2

Genervt unterbrach Kriminaloberrat Berger, Leiter der Mordkommission des Hamburger Landeskriminalamtes sein intensives Aktenstudium.

„Ja, bitte?" bläffte er zur Tür, an der ihm gerade ein vorsichtiges Klopfen unangemeldeten Besuch ankündigte.

„Sie wollten mich sprechen, Chef?", antwortete der Besucher und trat, ohne eine Antwort abzuwarten, in das Büro.

Augenblicklich hellte sich die Miene des Kripo-Leiters auf, als er sah, wer ihn da in seiner Konzentration gestört hatte.

„Ach Sie sind´s, Woldmann, das habe ich doch glatt vergessen!" rechtfertigte Berger seine unwirsche Reaktion von vorhin. „Danke, dass Sie so schnell vorbeigekommen sind."

Der altgediente Kriminaloberkommissar akzeptierte die etwas mühsam herausgepresste Entschuldigung wortlos und setzte sich auf einen der Besucherstühle. Insgeheim lächelnd verfolgte er die wichtigtuerisch hingekritzelten handschriftlichen Vermerke auf einer der Akten, die sein Chef noch schnell vornahm, ehe sich dieser voll seinem Gast widmete.

„Ich habe Sie rufen lassen, mein lieber Woldmann, weil Sie mein erfahrenster und fähigster Ermittler sind", sagte er zu seinem Gegenüber und schaute ihn erwartungsvoll an, um zu sehen, wie seine pathetisch vorgetragene Begrüßung ankommen würde.

Doch der wusste schon, dass bei solch ungewohntem Lob das dicke Ende meistens hinterherkam und verzog keine Miene. Enttäuscht von dessen Reaktion fuhr der Kriminalrat fort mit seinem Gerede.

„Vom Gerichtsmedizinischen Institut kam gestern der Untersuchungsbericht zur Leichensache Rabbisch."

Wiederum blickte er seinen Beamten gespannt an, doch auch jetzt war nicht das geringste Flackern in den Augen von Kriminaloberkommissar Woldmann zu erkennen.

„Dies ist eine äußerst delikate Angelegenheit, lieber Woldmann", verlegte sich Berger jetzt wieder auf die liebenswürdige Tour. Der beschloss daraufhin endlich, doch ein wenig Interesse zu heucheln und fragte scheinheilig

„Meinen Sie etwa den Rabbisch?"

Berger senkte seine ansonsten eher polternd laute Stimme erschrocken ab und flüsterte beinahe „Ja, genau den meine ich! Der alte Rabbisch hat vor einigen Jahren die Geschäfte an seinen Sohn übergeben, war aber nie ganz aus der Firma verschwunden. Als eine Art Aufsichtsratsvorsitzender überwachte er noch jeden wichtigen Vorgang im Geschäftsleben seiner ehemaligen Firma". Die kaum verhüllte Bewunderung war ihm an den Augen abzulesen," Vergangenes Wochenende lud er zu einer Familienfeier, in der er eine wichtige Erklärung abzugeben versprochen hatte. Während er mit seiner Familie gerade beim Nachtisch war, soll er plötzlich mitsamt seinem Stuhl nach hinten gekippt und ohnmächtig liegen geblieben sein. Der sofort herbeigerufene Notarzt konnte genau wie sein beim Essen anwesender Kollege Dr. Windelen, der Hausarzt der Familie, nichts mehr für seinen Patienten tun. Kurz nach der Einlieferung im Krankenhaus Rissen verstarb der Seniorchef des Hauses Rabbisch, ohne noch einmal das Bewusstsein wieder erlangt zu haben."

„Aha", meinte der Kriminalbeamte nur, nachdem er die langatmige Erklärung seines Vorgesetzten zur Kenntnis genommen hatte, „Und was haben wir damit zu tun? Er war doch schon über siebzig, der alte Rabbisch. Auf die Dauer hat halt sein Körper den Raubbau an seiner Gesundheit nicht länger hingenommen, oder?"

„Unsinn, Woldmann!", das lieber ließ Berger jetzt verärgert weg.

„Selbstverständlich wurde eine Obduktion vorgenommen", setzte er fort, „Und zwar von Professor Ullrich!". Der war zwar eine unbestrittene Kapazität unter den Hamburger Pathologen, doch der Kripomann dachte nicht im Traum daran, jetzt vor Ehrfurcht zu erzittern. „Was hat er denn als Todesursache angegeben, der Herr Professor?".

Berger gefiel es nicht, wie er Herr Professor betonte, aber er wollte nicht gerade jetzt wieder das alte Thema aufwärmen. Oft genug schon hatte er sich über den seiner Meinung nach mangelnden Respekt gegenüber Höherrangigen von Woldmann aufgeregt. So holte er das Gutachten aus seiner Ablage hervor, setzte seine Lesebrille auf und überflog noch einmal das Schreiben, bevor er kopfschüttelnd antwortete: „Dr. Ulrich gibt als Todesursache zwar plötzliches Herzversagen an, meint aber, dass auf Grund nicht näher beschriebener Umstände eine Fremdeinwirkung nicht ganz auszuschließen sei. Er spricht von Botulismus oder so..." setzte der Kriminalrat, immer noch kopfschüttelnd und stirnrunzelnd hinzu.

Woldmann, der gerade an einem verzwickten Fall arbeitete, war alles andere als begeistert, sich noch zusätzliche Arbeit aufzuhalsen und fragte mürrisch

„Kann das nicht der Kollege bearbeiten, der bei der Tatortbesichtigung dabei war?"

„Das ist es ja gerade, mein lieber Woldmann", bekam er fast flüsternd zur Antwort,

„Wir konnten doch nicht gleich mit unserem ganzen Apparat dort aufkreuzen, zumal es ja anfangs, wie ein ganz normaler Todesfall aussah", meinte er eine Spur zu ehrfürchtig, „Der Notarzt hat aber gegenüber dem anwesenden Beamten des Streifenwagens eine dementsprechende Vermutung geäußert", druckste er verlegen herum. Das war es also, anscheinend hatte der pflichtbewusste Beamte dies in seinem Bericht vermerkt und dadurch überhaupt erst das Misstrauen des Pathologie-Professors geweckt.

„Gut, Chef, ich lass mir die Akten kommen", meinte Woldmann resigniert, "aber den Fall mit der ermordeten Prostituierten kann ich nicht so einfach zur Seite legen, der Kollege Grabert hat gestern seine Kur bewilligt bekommen, das heißt, ab nächste Woche habe ich noch einen Mann weniger!"

„Ich weiß, Sie haben viel zu tun", antwortete Berger, „stellen Sie einfach die Beweislage zusammen und wenn alles so ist wie ich vermute, wird mir die Staatsanwaltschaft ohnehin nahelegen, eine Sonderkommission einzurichten!"

„Das ist wieder typisch", schoss es Woldmann durch den Kopf, „den Nuttenmörder suchen wir schon wochenlang, haben einfach zu wenig Leute, um wirklich allen Spuren nachgehen zu können. Aber wenn so ein reicher Sack den Löffel abgibt, ist plötzlich genug Personal vorhanden!" Aber er ließ sich nichts anmerken und verließ ohne einen weiteren Kommentar das Büro seines Dienststellenleiters.

Mit leisem Knurren machte Woldmanns Magen auf sich aufmerksam, so beschloss er, an den Landungsbrücken zu Elfriede auf ein Krabbenbrötchen zu gehen. Der urige Imbiss war nur zwei Gehminuten vom Bürogebäude entfernt, in dem die Mordkommission des Hamburger Landeskriminalamtes untergebracht ist. Er liebte diesen Laden, so schlicht, wenn nicht gar ungepflegt dieser auch aussah.

Aber Woldmann wusste, dass dies nur der äußere Eindruck war. In Wirklichkeit war Elfriede der sauberste Mensch, den er kannte. Die Brötchen kamen von dem kleinen Bäcker drei Häuser weiter und die Krabben wie der Räucherfisch und die Bismarckheringe konnten hier nicht alt werden. Elfriede kaufte immer nur kleine Mengen ein, und wenn etwas alle war, dann bestellte man sich halt was anderes.

„Moin, moin, Herr Kommissar!", begrüßte sie ihn freudig. „Was darf's denn heute sein? Die neuen Matjes sind endlich da. Mit eingelegten Zwiebelringen schmecken sie am besten!".

Mit theatralischer Gestik versuchte sie ihm diese schmackhaft zu machen.

„Nee, Elfriede, ich nehme lieber eins mit Büsumer Krabben, darauf habe ich heute Appetit!", lehnte er höflich, aber bestimmt die freundliche Offerte ab.

Erschrocken blickte sie ihn an. Ein Ausdruck, halb besorgt, halb traurig befiel ihr Gesicht und sie sagte: „Haben Sie denn heute keine Zeitung gelesen, Herr Kommissar? Die Ökos haben doch schon wieder den neuesten Skandal ausgegraben", meinte sie mit leicht angewiderter Miene. „Bald weiß man wirklich nicht mehr, was man essen soll. Nun soll der Konservierungs-Stoff in den Krabben bei Mäusen Krebs ausgelöst haben. Und schon kauft kein Mensch mehr die köstlichen Dinger!".

„Aber ich bin doch keine Maus", meinte Woldmann ärgerlich, „diese Hysterie mach ich nicht mit. Geben Sie mir ein Krabben-Brötchen!" Doch Elfriede musste bedauernd ablehnen, „Tut mir leid, ich habe deswegen erst gar keine bestellt, sonst bleib ich am Ende darauf sitzen!" So nahm er wohl oder übel einen Rollmops, dazu ein frisch gezapftes Pils und vertiefte sich in den Bericht, den ihm Dr. Berger mitgegeben hatte. Bei der Sektion las er angewidert, waren im Mageninhalt unter anderem Reste von Nordseekrabben gefunden worden. Das verdarb ihm nun endgültig den Appetit und er bezahlte eilig seine Rechnung.

„Hätte ich Ihnen bloß nichts davon erzählt!", meinte Elfriede mit zerknirschter Miene. Da musste Woldmann doch wieder lächeln und er beruhigte schnell ihr schlechtes Gewissen.

„Nein, ich habe nur eben eine ziemlich unappetitliche Stelle in meinem Untersuchungsbericht gefunden, Elfriede. Keine Angst, mich werden Sie nicht los, dazu schmeckt es bei Ihnen einfach zu gut! Seine Antwort stellte sie zwar nicht richtig zufrieden, dennoch strahlte sie ihn an und entgegnete ihr.

„Na, ja, dann bin ich ja beruhigt. Auf Wiedersehen bis morgen, Herr Kommissar".

Woldmann ging zurück in sein Büro und gab telefonisch Anweisung, den Bericht der Streifenwagenbesatzung, die zusammen mit dem Notarztwagen zu der Villa gefahren war, nach oben zu bringen. Kurze Zeit später klopfte es an Woldmanns Tür und nach dessen Aufforderung, einzutreten, kam ein noch ziemlich junger uniformierter Polizist mit etwas linkischen Bewegungen an seinen Schreibtisch.

„Guten Tag, Herr Oberkommissar", grüßte er höflich, „Mein Name ist Rauball von der Schutzpolizei, Revierwache 64 in Blankenese. Der Revier-Leiter hat mich zu Ihnen geschickt. Ich war vorgestern zusammen mit meiner Kollegin Frau Möller, in dem Peterwagen, der zusammen mit dem Notarzt in die Elbchaussee 11 gerufen worden war."

„Tag Kollege" grüßte Woldmann zurück.

„Nehmen Sie doch Platz. Schön, dass Sie selbst gekommen sind. Informationen aus erster Hand sind eben doch die besten!".

Der junge Polizist nahm das Angebot dankbar an und setzte sich. Woldmann blätterte in der dünnen Akte, die er von Dr. Berger erhalten hatte und fragte: „Wie war das eigentlich genau bei Ihrer Ankunft in der Villa, seid ihr vor oder nach dem Notarzt da?"

„Wir sind gleichzeitig in der Einfahrt angekommen, haben aber natürlich dem Doktor den Vortritt gelassen", berichtete er diensteifrig. "Ein aufgeregter Mann, er war wie sich hinterher herausstellte einer der Söhne des Opfers, stand an der Eingangstür und winkte uns ungeduldig zu. Kommen Sie doch, schnell, hat er gerufen. Er war außer sich vor

Aufregung. Der Doktor ist gleich hineingeeilt, während der Rettungsassistent erst die Notfalltasche aus dem Wagen nahm und hinterherlief. Danach sind wir beide, Kollegin Möller und ich, ebenfalls ins Haus gegangen. In der Halle standen ungefähr zehn meist ältere Herrschaften mit betretener Miene und diskutierten eifrig das Geschehene"

Woldmann fragte weiter, „Was war denn ihr Eindruck, Herr Kollege, dachte man an einen Herzanfall oder so was, oder zogen die Anwesenden auch das Essen als Ursache in Betracht? Dann hätten auch die anderen besorgt um ihre eigene Gesundheit sein müssen!"

Dem Streifenpolizist konnte man direkt ansehen, wie angestrengt er nachdachte. Wahrscheinlich war es das erste Mal, dass er mit der Mordkommission zu tun hatte.

„Ich versuche mir gerade, ein genaues Bild des damaligen Abends vor Augen zu halten. Damit ich auch etwas zur Lösung dieses Falles beitragen kann. Ich möchte nämlich später auch zur Kripo!", setzte er stolz hinzu. „Jetzt, wo Sie das sagen, Herr Hauptkommissar, wundere ich mich auch. Aus den Gesprächsfetzen konnte ich entnehmen, dass einige der Anwesenden wohl an einen Herzinfarkt dachten. Keine Spur von Panik wie bei einer vermuteten Lebensmittelvergiftung."

Er schaute verstohlen auf den Aschenbecher auf dem Schreibtisch und Woldmann, der das erkannt hatte, ermunterte ihn schmunzelnd, sich ruhig eine Zigarette anzustecken.

„Was hat denn nun eigentlich der Notarzt gesagt, hier steht doch...", und damit nahm er wieder den Untersuchungsbericht zur Hand, „dass der Doktor nicht ganz überzeugt von einer natürlichen Ursache für den Herzstillstand gewesen sein soll. Hat er denn etwas erwähnt, wodurch er auf diese Vermutung kam?"

Etwas verlegen blickte Rauball zu Boden, „Ich habe das leider nicht behalten. Es war ein ziemliches Fachchinesisch, was der Arzt da von sich gegeben hat. Tut mir leid! Ich weiß nur, dass mein Revierleiter, der inzwischen auch am Tatort eingetroffen war, die Überführung zur Gerichtsmedizin veranlasste." Schuldbewusst rückte er auf seinem Stuhl hin und her, doch Woldmann spendete ihm sofort Trost.

„Diese lateinischen Fachausdrücke kann man ja nun manchmal wirklich nicht verstehen, Kollege, da machen Sie sich mal keinen Kopf deswegen!". Dankbar lächelnd verabschiedete er sich von Woldmann und verließ das Büro. Kaum war er wieder allein, läutete das Telefon und Dr. Berger erkundigte sich nach dem Fortgang der Ermittlungen.

Obwohl er noch keinen blassen Schimmer hatte, wer den alten Rabbisch so raffiniert ins Jenseits befördert haben sollte, gelang es Woldmann, seinen Dienststellenleiter mit ein paar Allgemeinfloskeln einen Ermittlungsfortschritt vorzugaukeln.

Nun war es aber an der Zeit, das ganze Team seiner Mordgruppe einzuweihen. Er rief seine drei Beamten ins Besprechungszimmer und unterrichtete sie über alles, was er selbst bisher erfahren hatte. Mit Günter Pallhuber und Roland Emmerich war er per du, nur Britta Wilhelm, die junge Kollegin aus dem Dezernat für Interne Ermittlungen war noch etwas reserviert. Die drei Monate, die sie in jener Abteilung gearbeitet hatte, waren ihr sichtbar aufs Gemüt geschlagen. „Gegen eigene Kollegen ermitteln zu müssen, ist echt das Letzte!", hatte sie ihm damals bei der Vorstellung gesagt. „Die einen schauen einen schief an, als ob man ein Verräter wäre, und die Staatsanwälte wiederum glauben bei jedem entlastenden Indiz, dass wir fanden, an unzulässige Kumpanei!". Woldmann war es immer schon schleierhaft gewesen, wie man überhaupt immer wieder Leute für dieses Dezernat hatte finden können.

„Na, Günter, was hältst du denn davon, mal ein paar Erkundigungen über Rabbisch einzuholen. Du bist doch eh so ein fanatischer Grüner. Da wirst du doch bestimmt irgendwelche Leute auftreiben können, die den Alten nichtleiden konnten, oder?".

„Ich weiß nicht recht, Kalle", antwortete der, "Ich habe zwar selbst auch schon oft über diese Billigläden gelästert, aber deswegen bringt so einen doch keiner um!" Das war zwar einleuchtend, brachte die Gruppe aber nicht weiter und deshalb beauftragte er Pallhuber und Emmerich, alles was Computer und Pressearchiv hergaben, zu sammeln und ihm baldmöglichst vorzulegen. Er selbst nahm sich Britta Wilhelm und ging mit ihr nach unten zur Fahrbereitschaft, bei der er sich einen neutralen Dienstwagen hatte bereitstellen lassen.

Kapitel 3

Sie stiegen in den Ford Fiesta mit graublauer Metallic Legierung, der seine beste Zeit auch schon etwas hinter sich zu haben schien. Woldmann setzte sich auf den Beifahrersitz und stöhnte: „Hoffentlich kratzt uns die Kiste nicht ab auf dem Weg nach Blankenese. Ich habe keine Lust, mit der S-Bahn zurückzufahren!", murmelte er mürrisch.

Während er sich den Sicherheitsgurt umlegte, schaute er sich seine neue Assistentin mal etwas genauer von der Seite an. Was er sah, brachte einen anerkennenden Zug in sein Gesicht. Seit der Trennung von seiner Frau vor sechs Jahren hatte er fast nur noch für seinen Beruf gelebt.

„Könnte mir schon gefallen", dachte er bei sich, „allerdings müsste ich schon ein paar Jährchen jünger sein!". Auch wenn es bloß ein stiller Seufzer war, so war dieser bei Britta Wilhelm trotzdem nicht ungehört geblieben, insgeheim lächelte sie. Sie konnte sich schon denken, was in den Köpfen von Kollegen so vorging, wenn einen diese so betrachteten.

Aber ein Anbaggerungsversuch eines Fünfzigjährigen, das war wirklich nicht das, was ihr im Moment vorschwebte. So fing sie belanglos an, über das Wetter zu reden, ein Thema, das bei nahezu jedermann auf offene Ohren zu stoßen schien. Was beim bekannt schlechten Wetter in Hamburg nun wahrlich kein Wunder war. Auch Woldmann hatte in Anbetracht des sich langsam nähernden Tatortes wieder nur noch rein dienstliche Gedanken im Kopf und meinte etwas skeptisch

„Bin ja gespannt, ob uns hier jemand einen vernünftigen Hinweis auf Motiv oder Verdächtige geben kann? Oder will!", setzte er noch geschwind hinzu, als die junge Beamtin ihren Dienstwagen gekonnt, wie ein altgedienter Chauffeur in der Einfahrt zur Luxusvilla zum Stehen brachte.

Seitlich vom Gebäude, direkt neben der Garage, stand eine Art Geräteschuppen, aus dessen weit geöffneter Tür ein älterer Mann mit einem zerknautschten Strohhut heraustrat, einen Eimer und eine grüne Plastikgießkanne in der Hand.

„Die gnädige Frau ist nicht zu Hause!", rief er, ohne lange zu fragen und setzte unaufgefordert hinzu „Sie ist nach Othmarschen gefahren. Zum Beerdigungsinstitut."

Da die beiden Ankömmlinge wider Erwarten keine überraschten Gesichter erkennen ließen, fuhr er fort „Sie bespricht die Einzelheiten für die Trauerfeier übermorgen." Einen allzu betrübten Eindruck schien er nicht zu machen, der gute Mann, dachte Woldmann. und ging auf den Mann zu. „Wir sind vom Landeskriminalamt, Oberkommissar Woldmann und meine Kollegin Wilhelm", stellte er sich vor, „und wer sind Sie, wenn ich fragen darf?"

„Sie dürfen", antwortete der Mann etwas beleidigt, weil man seinen Redeschwall anscheinend etwas zu früh unterbrochen hatte, „Mein Name ist Bellmann, ich bin Rentner und mache den Herrschaften den Garten. Früher ließ sich der alte Rabbisch es sich nicht nehmen, seine Rosen selbst zu schneiden. Sogar den Rasen hat er selbst gemäht!", fügte er anerkennend hinzu, „allerdings mit so einem neumodischen Ding, das aussah wie ein Miniatur-Trecker, man konnte darauf sitzen und so". Der Gärtner stellte Eimer und Gießkanne an den Blumenrabatten ab und winkte die beiden zu sich.

„Kommen Sie ruhig hinein ins Haus, Frau Eibel ist doch da, die Haushälterin. Die kann ihnen bestimmt einiges erzählen über den Mord am alten Rabbisch. Deshalb sind sie doch gekommen, oder?".

Woldmann und seine Begleiterin folgten dem Angebot und traten in die Villa. Während sie sich noch staunend in der mit erlesenen Antiquitäten bestückten Eingangshalle umsahen, kam ihnen auch schon die Haushälterin entgegen.

„Guten Tag, meine Herrschaften, hat sie der alte Bellmann wieder vollgequatscht?", fragte sie lächelnd und führte die zwei in den angrenzenden Salon. Dort bot ihnen höflich einen Stuhl an. „Möchten Sie vielleicht eine Tasse Kaffee?", fragte sie weiter. Woldmann nahm dankend an, während Britta Wilhelm um einen Pfefferminztee bat. Auf den strafenden Blick Woldmanns entgegnete sie trotzig

„So viel Kaffee ist bloß ungesund, Chef, sie sollten auch lieber ab und zu Tee trinken!" Der guckte etwas säuerlich ob des ungebetenen Ratschlags und brummelte: „Sie hören sich schon ganz so an wie meine Frau! Na, ja, so ganz unrecht habt ihr nicht. Aber muss es gleich Pfefferminztee sein?". Angewidert blickte er zur Seite, denn gerade war die gute Frau Eibel mit dem Tablett eingetroffen und hatte aus Versehen ihm den Tee hingestellt. Britta Wilhelm tauschte lächelnd die beiden Tassen aus und bedankte sich.

Etwas verlegen stand die Hausangestellte neben dem Tisch, bevor sie sich kurzentschlossen dazusetzte.

„Eigentlich ist mir das streng verboten", meinte sie entschuldigend, „aber die gnädige Frau kommt bestimmt erst in einer Stunde zurück!"

Woldmann nahm einen kleinen Schluck Kaffee und fragte nach. „Sind Sie eigentlich die einzigen Hausangestellten, der alte Bellmann und Sie?"

„Der Alte ist kein richtiger Angestellter, er kommt nur zweimal die Woche und kümmert sich um den Garten. Herr Rabbisch, Gott hab ihn selig, hat sowieso immer nur geschimpft über ihn. Der hat doch keine Ahnung, hat er immer gesagt. Aber mit seiner Bandscheibe konnte er selbst nichts mehr tun in seinem geliebten Garten. Deshalb blieb ihm nichts anderes übrig, als sich auf Bellmann zu verlassen". Frau Eibel hielt in ihrem Redefluss inne und sagte lächelnd

„Jetzt rede ich schon genauso viel wie er, aber denken sie sich jetzt nichts Böses, das war keine Feindschaft zwischen den beiden. Von wegen, der Gärtner ist immer der Mörder und so. Das schlagen Sie sich mal aus dem Kopf, Herr Kommissar!".

Woldmann wollte das gerade verbessern in Hauptkommissar, aber das ließ er doch lieber sein. Die Leute gucken einfach zu viel Fernsehen! dachte er leise seufzend und ließ seinen Blick prüfend durch den Raum gleiten, bemerkte einige sündteure Antiquitäten. Die Haushälterin bemerkte den leisen Neid, der sich in seinem Gesicht widerspiegelte und sagte tröstend

„Das konnte er alles nicht mitnehmen ins Jenseits, der alte Rabbisch, viel wichtiger ist doch, was man von seiner Persönlichkeit, seinen Taten zurücklässt an die Nachkommen, meinen Sie nicht auch, Herr Woldmann?" Er musste ihr wohl oder übel Recht geben, aber der kleine Sekretär mit den Einlegearbeiten aus Elfenbein auf der Tischplatte hatte es ihm doch sehr angetan.

Er nahm einen Notizblock aus seiner Aktentasche und bat höflich darum, in das Esszimmer geführt zu werden.

„Ich möchte mir mal eine Skizze machen von der Tischordnung beim fraglichen Abendessen. Die Namen der Teilnehmer habe ich schon im Protokoll gelesen."

Die Haushälterin ging voran und mit dem einer routinierten Servicekraft eigenen fotografischen Gedächtnis gab sie Woldmann die Tischordnung des Abends wieder.

„Hier saß Wilfried Scholz, der Besitzer des Waldschlösschens am Blankeneser Elbufer. Von seiner Küche wurde der Großteil des Dinners geliefert", sagte sie etwas verschämt.

„Zu meiner Entschuldigung muss ich sagen, bei größeren Gesellschaften kocht ansonsten Frau Bellmann, ja, die Frau vom Gärtner, aber vorgestern war sie krank und so wurde das Essen eben vom Waldschlösschen gebracht.

Auf der Fahrt nach Blankenese quälte sich der Dienstwagen endlos lange über die durch zahlreiche Baustellen eingeengte Elbchaussee bis zur Auffahrt auf den Süllberg.

Irgendwann tauchte dann doch noch ein Hinweisschild auf und zeigte den Weg zum Parkplatz des Restaurants.

Woldmann stellte den Dienstwagen auf dem hoteleigenen Parkplatz ab und blickte mit leisem Seufzer nach oben. Seine Begleiterin war auch schon ausgestiegen und meinte grinsend: „So weit ist es doch gar nicht bis zum Waldschlösschen, Chef, ein paar Minuten Fußmarsch haben noch keinem geschadet!"

Keineswegs überzeugt von ihren Worten stapfte er missmutig los und bald waren beide am Eingang zu dem alteingesessenen Restaurant am Elbhang im noblen Stadtteil Blankenese angelangt. Sichtlich außer Atem blieb Woldmann kurz stehen, um zu verschnaufen, bevor er seiner Kollegin ein Zeichen gab, damit diese an der noch geschlossenen Glastür klopfen sollte. Erst nach einiger Zeit tauchte endlich eine Gestalt aus dem Halbdunkel des Vorraums auf, eine schon etwas ältere Frau, offensichtlich die Reinemachfrau des Lokals.

„Wir haben noch geschlossen!" hörten die beiden durch die geschlossene Tür und als sie keine Anstalten machten, der unausgesprochenen Forderung, doch wieder zu gehen, Folge zu leisten, bequemte sie sich mit mürrischem Gesicht, den innen steckenden Schlüssel umzudrehen. Sogleich entfernte sie sich brummelnd, ohne den Besuchern die Tür aufzuhalten, während im selben Moment aus dem angrenzenden Speisesaal eine elegant gekleidete Dame auf die beiden zuging.

„Guten Morgen, die Herrschaften! Wollen Sie einen Tisch reservieren für heute Abend?"

Auf die abschlägige Antwort verschwand sofort der freudestrahlende Ausdruck in ihrem Gesicht, wahrscheinlich hielt sie die beiden jetzt für Vertreter. Darum fragte sie, schon wesentlich kühler

„Was kann ich für sie tun? Ich habe grade ziemlich wenig Zeit, wir haben heute Mittag eine Hochzeitsgesellschaft, die nach der standesamtlichen Trauung zu uns kommen, da muss ich noch einiges vorbereiten im Saal!" Woldmann zeigte schnell seinen Dienstausweis und stellte sich und seine Assistentin vor.

„Entschuldigen Sie, Herr Kommissar, aber ich dachte, Sie wären die Prüfer vom Wirtschafts- und Ordnungsamt. Die kommen immer dann, wenn man sie am wenigsten gebrauchen kann!" Verlegen bat sie die beiden, ihr ins angrenzende Büro zu folgen und stellte sich seinerseits vor.

„Ich bin Elke Scholz, die Inhaberin des Waldschlösschens". „Ich dachte, ihr Mann ist der Besitzer", meinte Woldmann leicht überrascht.

„Nein, nein, das Lokal gehört schon seit Generationen der Familie Berends, ich habe es von meinem Vater geerbt. Aber sie haben schon recht, mein Mann hat ein Auftreten, dass die meisten Leute ihn für den Besitzer halten. In vielen Situationen ist das auch gar nicht so schlecht. Was glauben sie, wie oft jemand glaubt, eine Frau könnte er leichter über den Tisch ziehen. Einmal wollten sie mein Lokal für zwei Wochen dicht machen, weil einer der Prüfer im Keller eine Maus gesehen hatte. Als aber dann mein Mann überraschend auftauchte, ließ sich alles plötzlich ganz einfach lösen. Ich bestellte den Kammerjäger, schickte die Auftragsbestätigung zum Gesundheitsamt und schon waren alle zufrieden."

Im Büro angelangt bot sie ihnen einen Stuhl an und setzte sich hinter den Schreibtisch.

„Mein Gott, entschuldigen Sie bitte!", rief sie erschrocken und stand wieder auf. „jetzt habe ich doch glatt vergessen, ihnen etwas zu trinken anzubieten!".

„Das ist schon in Ordnung, Frau Scholz, wir möchten nichts!", wehrte Woldmann ab, der endlich zur Sache kommen wollte.

„Nein, meine Herrschaften, das ist doch unverzeihlich, auf so etwas zu vergessen, noch dazu für eine Restaurantleiterin, ist mir das peinlich! Möchten sie nicht doch eine Kleinigkeit, vielleicht einen Espresso?"

Um endlich Ruhe zu haben, nahmen die beiden einen Cappuccino und sobald die beiden Tassen vor ihnen standen, brachte Woldmann das Gespräch auf das Abendessen bei Rabbisch.

„Wir waren je ganz überrascht über den Auftrag, das Essen für diesen Familienabend liefern zu sollen", berichtete Frau Scholz.

„Normalerweise kocht dort ja die alte Frau Bellmann. Aber an diesem Abend soll sie überraschend krank geworden sein."

Woldmann hakte nach.

„Haben eigentlich auch Sie an diesem Essen teilgenommen, Frau Scholz? Die Haushälterin hat nur ihren Gatten erwähnt"

„Nein, Herr Woldmann, einer muss sich ja ums Geschäft hier kümmern. Die Stammgäste sehen es gar nicht gerne, wenn sie nur vom Kellner bedient werden. Sie wollen auch mal persönlich begrüßt werden. Der arme Max, das ist unser altgedienter Oberkellner der alten Schule, der hat mit dem Bedienen genug zu tun. Da kann er nicht noch mit jedem ein Schwätzchen halten!"

Dafür ist sie aber wirklich hervorragend geeignet, dachte sich Woldmann, ließ sich aber nichts anmerken von seiner Abneigung gegen ausufernde Redseligkeit. In seiner Branche, bei Verhören, hatte er eher mit dem Gegenteil zu tun, nämlich mit Verdächtigen, die sich jedes Wort aus der Nase ziehen ließen.

„Sie waren also dabei, als ihr Koch die Speisen verpackt hat?" fragte er sie.

„Ja natürlich, Jean-Paul, unser französischer Koch, bat mich, ihm beim Verpacken zu helfen, er war sowieso ganz schön genervt über die Extraarbeit. An diesem Abend war nämlich ein Journalist aus seiner Heimat zum Essen angesagt, der im Rahmen seines Reiseberichts über Hamburg auch ihn und unser Restaurant in seinem Artikel erwähnen wollte. Und deshalb war er natürlich aufgeregt, ob alles auch funktionieren würde. Außerdem mag er Herrn Rabbisch überhaupt nicht. Besser gesagt seine Lebensmittelkette."

„Ach das ist ja interessant, Frau Scholz, können Sie mir denn sagen, was er gegen ihn hat?"

„Nein, nein, Herr Kommissar!", wehrte sie erschrocken ab, „das müssen sie ihn schon selbst fragen. Köche sind so empfindlich! Wenn man da nur ein falsches Wort sagt, schmeißt er gleich mit Pfannen und so. Zumindest weigert er sich dann, bestimmte Extrawünsche zu erfüllen. Und ich muss das dann den Gästen erklären"

Um ihren Worten Nachdruck zu verleihen, führte sie ihre Besucher in die Küche.

„Hallo Jean-Paul, das sind zwei Beamte der Kriminalpolizei! Sie haben ein paar Fragen wegen des außer Haus Essens, das wir für Rabbisch geliefert haben."

„Bon jour, Mademoiselle, Bon jour Monsieur, glauben sie vielleicht, ich habe den alten Billigmeier vergiftet? begrüßte er sie betont aufsässig."

„Guten Tag, Jean Paul, ich darf sie doch so nennen, oder? Noch verdächtige ich niemand. Aber sie werden doch verstehen, dass wir in diesem Fall erst mal der Herkunft der Speisen nachgehen müssen. Reine Routine und Formsache."

Der Koch schaltete die Flammen des Gasherds ab, um die darauf befindlichen Töpfe vor dem Anbrennen zu schützen und bat seinen Besuch in sein kleines Küchenbüro. Den einzigen darin befindlichen Stuhl bot er charmant Britta Wilhelm an, während er mit spöttischem Blick zu Woldmann hin bedauernd sagte

„Wir müssen leider stehen, mehr Stühle passen nicht rein in diese kleine Kammer!"

Etwas verlegen band er seine mitgenommene Schürze ab, an der man mit einiger Fantasie das heutige Menü hätte herauslesen können und tauschte sie gegen eine neue blütenweiße aus.

„Es war doch schon am nächsten Morgen jemand hier vom Gesundheitsamt, der hat Proben genommen vom Hirschrücken und vom Grand Mariner Parfait. Davon hatte ich mir nämlich eine Portion zurückgelassen. Die wollte ich heute Abend Mademoiselle Nina geben. Das ist die Tochter vom Oberkellner", fügte der Koch verschämt hinzu, „sie hilft ab und zu an der Bar aus, wenn viel zu tun ist!".

„Wie lange kochen Sie eigentlich schon in diesem Betrieb, Jean Paul?", begann Woldmann mit seiner Befragung. „Seit zwei und ein halbes Jahr", gab dieser mit seinem wohlklingenden Akzent zurück. Woldmann stützte seinen Rücken etwas an der Wand des winzigen Büros ab und fuhr fort. „In welchem Lokal haben Sie eigentlich vorher gekocht. Nicht dass mich das etwas anginge, nur interessehalber". Der Koch drehte verlegen an seinem monströsen Schnurrbart und druckste herum.

„Ich war an einem großen Weingut im Gebiet Bordeaux tätig". Der große Küchenchef aus Frankreich, war er etwa gar kein gelernter Koch? Kein

Wunder, dass ihm dieses Thema sichtlich unangenehm ist, sinnierte Woldmann vor sich hin. Jean Paul schien seine Gedanken zu erraten und bequemte sich dazu, weitere Einzelheiten seines beruflichen Werdeganges preiszugeben. „Ich habe von meinen Eltern ein kleines Chateau geerbt mit einigen Hektar Weingärten und einem kleinen Schlosskeller. Dort habe ich selbst gekocht. Während der Weinlese hatte ich aber immer einen Koch eingestellt. Der hat mir so einige seiner Rezepte und Tricks verraten".

Sein Kopf war rot angelaufen wie ein vollreifes Exemplar einer provenzalischen Strauchtomate. Woldmann gab sich fürs erste zufrieden und zog seine Assistentin, die offensichtlich noch einige Fragen an den Maître gehabt hätte, sanft, aber bestimmt aus dem Büro. „Wir wollen Sie nicht länger stören, Jean Paul", sagte er grinsend, „sonst brennt womöglich noch eine ihrer köstlichen Saucen an!" Die beiden verabschiedeten sich von dem konsternierten Koch und der Besitzerin und gingen zurück zu ihrem Wagen.

Kapitel 4

Auf der Fahrt zurück ins Büro gingen sie noch einmal die spärlichen Fakten durch. Woldmann holte seine Aufzeichnungen aus der alten Ledertasche, die er zum leisen Gespött seiner Kollegen überallhin mitschleppte und sah sich auf dem Tischplan aus dem Hause Rabbisch an, wer bei dem fraglichen Essen sonst noch alles dabei gewesen war. Danach wandte sich an Britta Wilhelm, „Sagen sie mal, Frau Wilhelm..." Er kam nicht dazu weiterzusprechen denn die Angesprochene fiel ihm ins Wort.

„Sie können ruhig Britta zu mir sagen, Chef. Dieses „Frau Wilhelm" macht mich ganz nervös. Das erinnert mich an meine vorherige Dienststelle, dort ging es so furchtbar förmlich zu!"

Lächelnd antwortete er „Gerne, Britta, aber dann nenne mich bitte auch Albert". Sie guckte ihn freundlich an, meinte aber etwas verlegen. „Nee, Chef, ich bleibe lieber bei dieser Anrede. Die Kollegen machen das auch so!". Er ließ sich die Enttäuschung nicht anmerken und erwiderte scherzhaft „Ist schon gut, Britta, ich weiß ja, dass ich viel älter bin. Es fällt wohl schwer, einen so alten Sack zu duzen?".

Nun war sie es, die ein wenig konsterniert war. „So war das nicht gemeint, aber mir ist es einfach lieber so!" Damit war das Thema erledigt und er konnte nun endlich seinen Satz zu Ende bringen. „Der Kollege Pallhuber ist doch bei den Grünen. Er hat mir von einer Bürgerinitiative erzählt, die sich besonders den Kampf gegen die schleichende Vergiftung von Lebensmitteln auf die Fahnen geschrieben hat. Deshalb haben sie schon mehrmals vor Filialen von Rabbisch Märkten demonstriert. Vor ein paar Wochen gab es sogar einen Polizeieinsatz deswegen. Der Filialleiter hatte uns gerufen, weil er darin eine Geschäftsstörung sah." Britta schaute ihn fragend an und Woldmann fuhr fort, „Die könnten uns vielleicht einige wertvolle Hinweise geben, so viele Verdächtige haben wir bis jetzt ja eh nicht. Und ein Motiv schon erst gar nicht."

„Und da soll ich mich nun als eine Art verdeckter Ermittler einschleichen, oder was?". Ihre Miene zeigte deutlich, dass sie davon alles andere als begeistert war. Woldmann antwortete ärgerlich, „Es geht doch nicht darum, irgendjemand zu verraten. Mensch, Britta, dir steckt wohl immer noch das Gefühl, ein Judas zu sein in den Knochen. Wie im Dezernat für Interne Ermittlungen. Aber hier geht es doch nicht um Kollegen!". Britta Wilhelm zeigte sich trotzdem noch immer nicht gänzlich überzeugt von der Aufgabe, aber versprach, sich über die Termine zu informieren, an denen die Initiative sich regelmäßig zu treffen pflegte.

Inzwischen waren sie in der Dienststelle angelangt und parkten das Auto in der Tiefgarage.

Sie fuhren mit dem Aufzug in den dritten Stock und meldeten sich im Büro zurück. Oberkommissar Pallhuber hatte sie schon erwartet und deutete auf Woldmanns Schreibtisch. „Der Bericht vom Gerichtsmedizinischen Institut ist gekommen, Chef. Es war eindeutig eine Vergiftung, aber den genauen Stoff können sie leider noch nicht bestimmen", rief er ihnen zu. „Sie müssen noch eine etwas langwierige Analyse machen, das geht angeblich nur in einem darauf spezialisierten Institut. Vielleicht solltest du die Ärztin anrufen und ein bisschen Druck machen?" Woldmann seufzte und nahm sich das

Gutachten selbst noch mal vor. Penibel ging er Punkt für Punkt der Expertise durch, konnte aber auch nicht mehr finden als Pallhuber schon gesagt hatte.

„Was soll's, machen wir eben so weiter. Roland, komm doch mal her!", rief er den anderen Kollegen zu sich, „Bei dem Rabbisch, da arbeitet ein gewisser Herr Bellmann als Gärtner. Und seine Frau kocht normalerweise. Aber im Moment soll sie krank sein. Bitte überprüfe das doch mal. Wie lange die Beiden schon im Hause arbeiten und so. Und seit wann die Frau krank ist. Wenn dem Rabbisch einer das Gift ins Essen geben wollte, muss er doch gewusst haben, dass es diesmal vom Waldschlösschen kommen sollte. Wenn es nicht eh der Jean Paul war. Aber das kann ich mir nicht vorstellen!"

Roland Emmerich schrieb sich die Namen und die Telefonnummer von der Rabbisch Villa auf und ging zurück an seinen Schreibtisch, um den Auftrag auszuführen.

Pallhuber hatte während ihrer Abwesenheit eine Magnettafel an die Bürowand gehängt und die bisher vorliegenden Fakten darauf befestigt. Die Tatortfotos waren eher spärlich, da man den alten Rabbisch ja noch im Notarztwagen behandelt hatte, wenn auch vergeblich. So war auf den Bildern nicht viel mehr zu sehen als der alte riesige Eichentisch mit vierzehn Gedecken und den üblichen Getränkeflaschen, Blumenvasen und Kerzenleuchtern. Woldmann klebte nun kleine gelbe Haftzettel mit den Namen der Teilnehmer anhand der Tischordnung rund um das Foto vom Esstisch. Bei der Gelegenheit fiel ihm ein, dass er Frau Eibel, die Haushälterin vergessen hatte zu fragen, ob ihr jemand beim Servieren geholfen hätte. Kurzentschlossen rief er in der Villa an.

„So, so, der alte Bellmann hat sich um die Getränke gekümmert", murmelte er vor sich hin, nachdem er den Hörer wieder aufgelegt hatte. „Hast du schon was rausgefunden, Roland, wegen des Ehepaares Bellmann?" rief er quer durchs Büro dem Kollegen zu. „Ja, Chef, Habe ich!", antwortete dieser und berichtete weiter „Sie hat sich erst einen Tag vor dem festlichen Abendessen krankgemeldet. Deshalb ist die Küche des Waldschlösschen kurzfristig als Essenslieferant eingesprungen. Frau Eibel hat sich nur gewundert, dass die Bellmann noch überhaupt nichts eingekauft hatte für das Essen. Das macht nämlich sonst sie und nicht die Haushälterin, aber nur bei solchen Anlässen. Genau so, als ob sie vorher schon gewusst hätte, dass sie kurzfristig krank würde. Übrigens ist sie wegen Grippe krankgeschrieben!", beendete Emmerich seinen Bericht.

„Ja, das hört sich schon etwas eigenartig an", gab ihm Woldmann recht. „Ich glaube, ich fahre mal zu ihnen, dann kann ich mit beiden sprechen. Frau Eibel hat nämlich gesagt, dass der alte Bellmann heute gar nicht arbeitet. „Und der Kollege Pallhuber, wo ist der eigentlich wieder? Er soll den Winfried Scholz befragen, der war vorhin nicht in seinem Lokal. Er war bei der Tafel anwesend. Außerdem kam das Essen von seinem Restaurant.

Ich fahr jetzt los, tschüss!" und er verschwand.

Britta Wilhelm war inzwischen die Liste der Anwesenden bei der Tafel durchgegangen und versuchte, einen nach dem anderen telefonisch zu befragen. Bei den zwei engen Geschäftspartnern von

Rabbisch war ihr das zwar gelungen, aber sie erzählten alle genau die gleiche Geschichte, die man schon kannte. Darüber hinaus waren ansonsten nur Familienangehörige dabei gewesen. Die einen ließen sich entschuldigen wegen der Vorbereitungen für die Beerdigung, andere wieder gaben wichtige geschäftliche Termine vor oder ließen sich überhaupt verleugnen.

„Diese reichen Pinkel!", schimpfte Britta Wilhelm, „eine Kripobeamtin ist ihnen wohl nicht gut genug. Sollen wir etwa den Polizeipräsidenten bitte, sie zu vernehmen?" Die Kollegen trösteten sie so gut es ging und schlugen vor, die Beerdigung abzuwarten. Vielleicht ergab sich danach eine Gelegenheit, ein paar Fragen zu stellen. „Aber falls sich nur der geringste Verdacht gegen einen von der ehrenwerten Familie ergibt, dann wird Woldmann sich schon darum kümmern. Der ist sowieso heiß auf so was!" Britta beruhigte sich etwas und meldete sich dann aus der Dienststelle ab.

„Ich geh jetzt zu der Öko-Versammlung. Die Leute sind mir sowieso lieber. Vielleicht krieg ich von denen noch ein paar Informationen, die uns weiterhelfen!"

Mittlerweile war Woldmann in der Palmlilie angekommen, eigentlich eine noble Gegend mit zahlreichen Reedereibüros. Nicht gerade die klassische Gegend, wo Hausangestellte wohnen. Aber es gab auch einige Wohnhäuser hier und in einem dieser wohnte der alte Bellmann mit seiner Frau. Woldmann klingelte unten an der Haustür und nachdem sich in der Sprechanlage eine mürrische Männerstimme gemeldet hatte, stellte er sich vor und bat, hinaufkommen zu dürfen.

Frau Bellmann öffnete die Wohnungstür und stotterte verlegen „Mir geht es ja schon wieder viel besser, Herr Kommissar!".

„Ja, ja, ist schon gut, Frau Bellmann. Ich bin nicht von der Krankenkasse", beruhigte er sie. „Aber etwas seltsam ist es schon, dass sie genau an dem Abend krank geworden sind. Das müssen sie zugeben, oder?"

Sie antwortete ärgerlich „Ich wüsste nicht, was meine Grippe mit dem Tod des gnädigen Herren zu tun haben sollte. Was glauben sie, wie unangenehm mir das war. Und der Herr Rabbisch war ganz schön sauer. So musste er für teures Geld das Essen aus dem Waldschlösschen kommen lassen. Wo er doch so geizig ist, oder war..."fiel ihr gerade noch rechtzeitig ein. Unterdessen war ihr Mann dazugekommen und bot Woldmann einen Stuhl an. „Sie sollten lieber seine feinen Verwandten durchleuchten, Herr Hauptkommissar. Da gibt es so einige, die nicht ganz unglücklich sind über den plötzlichen Tod des Alten. Immerhin hat er eine große Neuigkeit angekündigt anlässlich der Einladung zum Abendessen."

Bis jetzt habe ich noch keinen getroffen, der über Rabbisch´ Tod besonders traurig gewesen wäre, sinnierte Woldmann und fragte weiter,

„Wie lange arbeiten sie denn eigentlich schon im Hause Rabbisch?".

„Was heißt schon arbeiten", brummelte Bellmann, „Ausgenutzt hat er uns doch nur, wie so viele andere!". Er sah, dass dem Beamten diese Antwort nicht genügte und fuhr fort „Vor drei Jahren hat meine Frau angefangen, bei Gesellschaften zu kochen. Die Frau Eibel kocht auch nicht schlecht, aber bei zehn Gästen oder mehr wird ihr das zu viel. Kochen und servieren. Und dann noch der ganze Abwasch. Der Alte ist sogar zu geizig eine Spülmaschine zu kaufen. „Da leidet doch der Goldrand von dem guten Porzellan!", hat er immer als Ausrede gebraucht. Dabei wurde meistens eh aus normalem Geschirr gegessen. Nur für seltene Anlässe kramte man den alten Kram noch mal hervor." Woldmann wunderte sich, warum die beiden dann überhaupt in der Villa gearbeitet haben, wenn es denn so schlecht da gewesen wäre.

Bellmann schien seine Gedanken erraten zu haben.

„Meine Frau ist eine Schulkollegin von Frau Eibel, der Haushälterin. Die hat sie immer wieder angefleht ihr zu helfen. Und irgendwann fand sie Gefallen daran, ein paar Mark extra zu verdienen zu der bisschen Rente, das wir kriegen. So habe ich dann sogar der Bitte von Rabbisch entsprochen, seinen geliebten Garten zu pflegen. Weil er mit seiner Bandscheibe sich nicht mehr bücken konnte."

Woldmann war noch nicht ganz zufrieden.

„Wo haben sie denn zuvor gelebt, Herr Bellmann?"

„Wir wohnten in Süddeutschland, in Trier", antwortete dieser „dort besaß ich eine Weinimportfirma, spezialisiert auf französische Weine. Leider bin ich in Insolvenz gegangen, und da hat mir ein alter Bekannter aus Frankreich, der jetzt in Hamburg lebt, angeboten, in seiner Fünf Zimmer Wohnung zwei Zimmer billig bewohnen zu dürfen. Für ihn war sie eh zu groß. Und auch zu teuer natürlich."

„Und wie heißt dieser Franzose?". Die Antwort darauf gab ihm jetzt allerdings zu denken.

„Jean Paul Mortillon, er arbeitet als Küchenchef im Waldschlösschen"

Kapitel 5

Um 11:00 Uhr vormittags bei der großen Kapelle des Hauptfriedhofs Ohlsdorf. Hunderte größtenteils schwarz gekleidete Trauergäste hatten sich versammelt, um dem „Vater aller Schnäppchen" die letzte Reverenz zu erweisen.

Erstaunlicherweise gab es dem Anlass entsprechend nicht das übliche Hamburger Schmuddelwetter, sondern die Sonne lachte von einem blauen Himmel auf das versammelte Volk, so als ob selbst er keine allzu große Trauer zeigen wollte über den Abgang des alten Rabbisch.

Zum Unterschied zu kleineren Beisetzungsfeiern, bei denen ein einsamer Organist oder Bläser dem Verstorbenen die Lieblingsmelodie mit auf den letzten Weg gibt, hatte die Familie keine Kosten gespart, um dem Verblichenen einen standesgemäßen Abschied zu bieten. Die Anzahl der Musiker hätte für ein Kammerkonzert in der Musikhalle locker gereicht, und der Blumenschmuck legte den Schluss nahe, dass der Hamburger Floristen Großmarkt wohl für heute und morgen ausverkauft sein durfte.

Livrierte Diener am Eingang begrüßten die Trauergäste und sortierten sie nach Rang und Wichtigkeit, bevor sie von einem Angestellten an ihren Platz geleitet wurden. Die gesamte Gruppe Woldmann der Hamburger Mordkommission war ebenso aufmarschiert, um sich am Rande der Beisetzungsfeierlichkeiten umzuschauen und vielleicht den einen oder anderen zum Kreis der Verdächtigen Gehörigen ein paar Fragen stellen zu können. Da sie weder wie Verwandte noch wie enge Geschäftspartner aussahen, komplimentierte man sie etwas ruppig in eine der hintersten Reihen.

Woldmann war nahe daran, seinen Dienstausweis zu zeigen, um eine etwas bessere Behandlung zu erfahren, ließ es aber dann doch sein. „Es muss ja nicht gleich jeder hier wissen, dass wir von der Polizei sind!", entschuldigte er seine Zurückhaltung vor den Kollegen, die das Ganze nicht so lustig fanden.

Sie drängelten sich zwischen einige ältere Menschen, denen man ansehen konnte, dass sie nur aus Anstand und Höflichkeit der Trauerfeier beiwohnten. In Wirklichkeit war von Trauer bei ihnen nicht viel zu sehen. Woldmann erkannte in einem der Männer Herrn Bühler, den ehemaligen Inhaber der traditionsreichen Kaffeerösterei Bühler&Söhne. Er nickte ihm kurz zu und dieser grüßte erfreut zurück, als er erkannte, wer neben ihm stand.

Vor einigen Monaten war die traurige Geschichte der Firma durch die Presse gegangen. Nach drei Generationen musste Bühler die Kaffeerösterei aufgeben, kurz bevor sie der älteste der Söhne übernehmen sollte. Sie war nicht klein genug, um als Nischenanbieter nur für einige Stammkunden überleben zu können, andererseits bei weitem nicht groß genug, um den Kampfpreisen der Discountläden Paroli zu bieten.

„Was macht denn die Polizei hier, Herr Woldmann?", fragte Bühler erstaunt. Die beiden kannten sich schon Jahrzehnte lang, Woldmann lebte seinerzeit am Eppendorfer Weg, ganz in der Nähe des Stammgeschäfts der Rösterei. Er schwor auf die hauseigene „Milde Röstung".

„Aromatisch und trotzdem magenfreundlich, dafür gebe ich gerne ein paar Groschen mehr aus", pflegte er sich zu rechtfertigen, wenn ihm seine

Frau mal wieder den viel günstigeren Pfundpreis im nahen Supermarkt unter die Nase rieb. Nach dem Tod seiner Frau war er umgezogen nach Wandsbek und man hatte sich aus den Augen verloren.

„Wir sind dabei, die Umstände des Todes von Herrn Rabbisch zu klären. Da wir noch ziemlich am Anfang stehen, hoffe ich, dass wir vielleicht hier ein paar Anhaltspunkte für die Ermittlungen finden", antwortete er. „Na, denn mal viel Spaß, hier gibt es bestimmt so einige, die ihm nicht nachtrauern, wenn nicht sogar ihm den Tod gewünscht haben!", meinte Bühler sarkastisch.

„Haben sie eine Ahnung, wie viele Tante-Emma-Ladenbesitzer, kleine Fachhändler und deren langjährige Angestellte allein der Rabbisch auf dem Gewissen hat? Dabei lieben ihn seine Kunden und lassen nichts auf ihn kommen. Auf den ersten Blick sind auch alle zufrieden. Die Kunden, die für wenig Geld gute Ware bekommen, und der Alte, der durch seine Marktstellung einer der reichsten Männer Deutschlands geworden ist. Aber keiner fragt, wer eigentlich dafür zahlt. Des einen Freud ist nun mal des anderen Leid!"

Aus der Reihe vor ihnen drehte sich eine ältere Dame um und zischte empört: „können sie den nicht wenigstens während der Trauerrede den Mund halten?"

Dankbar über die erzwungene Unterbrechung verkniff sich Woldmann die geplante Erwiderung auf die Brandrede Bühlers. Schließlich kaufte er selbst auch schon seit Jahren im Rabbisch Markt ein und ließ sich auch sonst kaum ein billiges Schnäppchen entgehen. Bisher hatte ihn deshalb auch kaum schlechtes Gewissen geplagt. Aber jetzt gaben ihm die Worte seines Nachbarn doch zu denken. Aus der Reihe der neben ihnen stehenden drängte sich nun ein noch etwas jüngerer Mann neben Woldmann.

„Ich habe gerade mitgekriegt, dass sie von der Polizei sind, meine Herren", fing er an sich einzumischen.

Britta Wilhelm guckte ihn giftig an, da er sie offenbar nicht für voll genommen hatte. „Entschuldigen sie, gnädige Frau", versuchte er sich noch schnell rauszureden, „ich dachte sie wären die Begleitung eines der Herren", aber der Erfolg ließ zu wünschen übrig. Britta würdigte ihn fortan keines Blickes mehr.

Trotzdem wollte er unbedingt sein Wissen loswerden. „Wussten sie eigentlich, dass der Alte seine Firma in eine Stiftung umwandeln wollte?" Die Beamten rückten interessiert näher. Stolz erzählte er weiter.

„Sein Sohn hat ja vor einigen Jahren die Nachfolge angetreten und war alles andere als einverstanden mit der Idee seines Vaters. Er wollte mit einem Partner in den USA zusammen in den dortigen Markt einsteigen. Der Alte wollte aber die Rabbisch Kette verkaufen und das Geld in einer Stiftung verwalten." Woldmann wiegelte ab. „Das ist ja alles ganz interessant, Herr..." flüsterte er dem aufdringlichen jungen Mann zu.

„Entschuldigen sie!", antwortete der erschrocken, „mein Name ist Meyer, mit e und Ypsilon geschrieben. Mein Stiefvater hat den Rabbisch früher mit Wein beliefert."

„Wie schon gesagt, Herr Meier, das ist zwar interessant, aber der Sohn wird ja deshalb wohl kaum seinen Vater vergiften. Aber wir müssen ohnehin noch mit einigen Familienangehörigen sprechen, da ist ihr Hinweis sicherlich hilfreich. Vielen Dank noch mal!". Und schon hatte er sich wieder demonstrativ der Trauerrede zugewandt, gerade noch rechtzeitig, bevor sich die Dame von vorhin noch einmal beschweren konnte. Inzwischen begann sich die offizielle Feier dem Ende zu nahen und der Großteil der Gäste drängte sichtlich erleichtert zum Ausgang. Woldmann beschloss, mit seinen Leuten in dem kleinen Café gegenüber dem Haupteingang des Ohlsdorfer Friedhofs zu warten, bis auch die eigentliche Beisetzung, die nur im engsten Familienkreis stattfand, vorüber sein würde.

Nach einer guten halben Stunde wurden die gegenüber vom Café stehenden Chauffeure der bereitstehenden Mercedes Limousinen unruhig, rückten ihre Uniform zurecht und begannen die Türen zu öffnen für die nach und nach eintreffenden Familienangehörigen. Woldmann verließ seinen Tisch und wollte auf die andere Straßenseite gehen, um doch noch zu versuchen, irgendein Mitglied der Familie ansprechen zu können, da sah er, wie eine Dame mittleren Alters auf zwei junge Männer einsprach und kurz darauf ihrem Chauffeur ein Zeichen gab, ohne sie wegzufahren. Die drei wollten allem Anschein nach herüber zum Café kommen und als sie gerade das Lokal betreten wollten, sprach er sie an.

„Gestatten, Oberkommissar Woldmann von der Mordkommission des Hamburger Landeskriminalamts. Wir führen die Ermittlungen im Tötungsfall Rabbisch und würden sie bitten, uns ein paar Fragen zu beantworten."

Die Dame verzog das Gesicht und antwortete hochnäsig „Muss das denn ausgerechnet jetzt sein, wir wollten gerade mit meinem Sohn und meinem Neffen unsere Trauer aufarbeiten" Er blieb ganz cool und erwiderte: „natürlich nur, wenn es ihnen nichts ausmacht, gnädige Frau. Ich wollte ihnen bloß eine Vorladung in unsere Dienststelle ersparen!".

„Na wenn das so ist, Herr Oberkommissar, so fragen sie halt". Großzügig schlug sie vor „Vielleicht könnten wir uns ja in die Nische da hinten setzen, da sind wir ungestört und wir können endlich etwas zu uns nehmen!".

„Na, dann nehmt doch was zu sich, Eure Hochnäsigkeit!", dachte Woldmann bei sich, schnell fiel ihm wieder sein Vorgesetzter ein, Kriminaloberrat Berger. Der würde ihm bestimmt sofort einen Rüffel erteilen, wenn er höherstehende so unfein behandelte. Er gab sich einen Ruck, setzte sein verbindlichstes Lächeln auf und rückte ihr sogar formvollendet den Stuhl zurecht, worauf sie sich endlich hinsetzte.

Die beiden jungen Männer, vielleicht um die achtzehn saßen bereits und hatten sich, wenig fein, bei der vorbeieilenden Serviererin schon zwei Cola bestellt, ohne auf die Dame zu warten. Sie warf ihnen einen missbilligenden Blick zu und schaute Woldmann erwartungsvoll an. Der rückte seinen Stuhl zurecht und begann „ich nehme an, dass sie zum engeren Familienkreis zählen, Frau…", „Wichmann, Marika Wichmann, geborene Rabbisch" beantwortete herablassend seine Frage, „ich bin die zweitälteste Tochter. Meine ältere Schwester hat mir schon erzählt, dass man uns Fragen stellen würde. Sie wurde gestern am Telefon kalt erwischt von einem ihrer Hilfskräfte".

Pallhuber fühlte sich angesprochen und antwortete sarkastisch „Es tut mir leid, dass unser Polizeipräsident sie nicht persönlich befragen konnte, aber der ist gerade zur Kur. Wir hätten Sie auch alle in unser Büro zitieren können. Wäre ihnen das lieber gewesen?".

„Nein, natürlich nicht! Seien sie doch nicht gleich so empfindlich, Herr... Hauptkommissar Pallhuber glaube ich?".

„Na ja, ihr familieninterne Nachrichtendienst arbeitet ja sehr exakt, Frau Wichmann. Uns interessiert, seit wann sie und ihre Geschwister wussten, dass das Familienoberhaupt die Firma in eine Stiftung umwandeln wollte. Möglichst präzise, bitte!". Sie bemerkte sehr wohl die Art wie er Frau Wichmann sagte, anstatt des in ihren Kreisen anscheinend obligatorische

„Gnädige Frau".

Sie warf ihm einen Blick zu wie die Queen von England, wenn mal eine Besucherin den Hofknicks verpatzt hatte und antwortete „Ich weiß davon erst seit dem fraglichen Abend. Bevor wir im Salon Platz genommen hatten, erzählte mir mein Bruder Heinrich davon. Stillt das ihren Wissensdurst, Herr Pallhuber?".

Aus Rache für seine uncharmante Anrede verweigerte sie ihm jetzt die Nennung seines Dienstgrades. Woldmann wandte sich an seine Mitarbeiter und sagte „Dann knöpfen wir uns eben den Sohn vor, er scheint wohl derjenige zu sein, der es schon länger wusste. Und der auch an den ehesten Nachteilen davon hatte.

Kapitel 6

Als sie zur Dienststelle zurückkamen, saß Britta Wilhelm, die als einzige nicht mit zur Beerdigung gefahren war, schon erwartungsvoll an ihrem Schreibtisch. „Na, Kollegen, habt ihr was rausgekriegt aus der noblen Familie?"

Sie wartete erst gar nicht auf eine Antwort, sondern fing gleich an zu erzählen, was sie bei der großen Versammlung der Umweltaktivisten erfahren hatte.

„Ich glaube, es gibt bestimmt einige Leute, die den alten Rabbisch zum Teufel gewünscht haben", berichtete sie, „die Art und Weise, wie er seine supergünstigen Preise erreichen konnte, war manchmal fast kriminell. Er hat zum Beispiel einem kleinen Produzenten von Gewürzgurken angeboten, exklusiver Lieferant für Sauerkonserven bei den Rabbisch Märkten zu werden.

Der gute Mann vergrößerte seine Produktionshalle, kaufte neue Maschinen ein und schloss Verträge mit Bauern für deren Jahresernte an Industriegurken ab. Als dies alles unter Dach und Fach war, verlangte Rabbisch von ihm eine Preissenkung um 10 Prozent. Und das von einem Preis, der so schon an der untersten Grenze kalkuliert war, zu dem er gerade noch einen bescheidenen Gewinn hätte machen können.

Da er diese Mengen anders gar nicht hätte loswerden können, blieb ihm nichts anderes übrig, als zuzustimmen. Am Ende zahlte Rabbisch den viel zu niedrigen Preis auch noch mit erheblicher Verspätung, so dass der Mann Konkurs anmelden musste!".

Sie blickte die Beamten mit funkelnden Augen an und fuhr fort.

„Ein Mitglied der Umweltgruppe erzählte mir, dass sie vor zehn Jahren einmal das Schnittbrot vom Rabbisch-Markt auf Konservierungsmittel haben überprüfen lassen. Als der positive Befund vorlag, habe Rabbisch dem Hamburger Bäckermeister fristlos gekündigt. Obwohl dieser beteuert hatte, den Konservierungsstoff auf ausdrückliche Anweisung des Einkaufsleiters der Rabbisch Märkte verwendet zu haben. Das Brot sollte möglichst lange in den Regalen im verkaufsfähigen Zustand bleiben. Andernfalls hätte der Bäcker Unmengen an Brot retour nehmen müssen. Bei der knallharten Preiskalkulation ein Ding der Unmöglichkeit.

Der Arme war seinen Exklusivabnehmer los, seine Überkapazitäten an Backwaren konnte er auf dem freien Markt nicht unterbringen, und die Bäckerinnung ließ ihn auch im Regen stehen. Schließlich hatte er ihnen durch die Belieferung von Rabbisch lange Zeit die Preise verdorben. Seine Frau ließ sich scheiden, den größten Teil seiner Angestellten musste er entlassen und sein Sohn, der die Firma in Kürze übernehmen sollte, arbeitet jetzt als Produktionsleiter bei der Großbäckerei, die seither exklusiv die Rabbisch Märkte beliefert."

Nachdem sie sich richtig in Rage geredet hatte, hielt sie beinahe erschöpft inne und wartete auf die Reaktion von Woldmann. Doch der zuckte nur mit den Schultern und meinte „Dass der Rabbisch ein ganz ausgekochter ist, wissen wir ja. Aber so ganz freiwillig gehen die Lieferanten eben nicht vom Preis runter, oder?"

„Komm, Albert! mischte sich Pallhuber ärgerlich ein, „musst du denn den alten Geizkragen auch noch verteidigen?".

Aber Woldmann ließ sich nicht beirren. „Ich glaube immer noch, dass wir den Täter in der Familie finden, da bin ich mir fast sicher!"

In dem Moment ging die Tür auf und Kriminalobermeister Grabert kam herein.

„Mensch Grabbi, ich denke, du fährst zur Kur?" fragte Britta Wilhelm ihn ganz entgeistert. „was heißt hier zur Kur" entgegnete Grabert peinlich berührt, „ich bin doch kein alter Mann. Du weißt genau, dass ich zur Reha in die Lungenheilanstalt muss. Es kann doch nicht sein, dass ich jedes Jahr eine Lungenentzündung bekomme!"

Woldmann nickte und sagte wehmütig „Ja, das wäre wirklich schön, wenn du nicht mehr dauernd ausfallen würdest!" Grabert winkte ärgerlich ab und erzählte „Ich war grade beim Oberrat Berger, um mich offiziell abzumelden. Er sagt, ihr sollt heute Nachmittag noch zur Besprechung in sein Büro kommen. Punkt 17:00 Uhr! Es geht um die Sonderkommission." Und schon winkte er den Kollegen zu, erleichtert, sich verdrücken zu können und verabschiedete sich.

Noch bevor sie die Nachricht verdauen konnten, die ihnen vielleicht den Fall Rabbisch abnehmen würde, kam ein Anruf vom MEK, dass auch die Verhaftung von potenziell gefährlichen Tätern vornimmt.

„Hallo, Kollege Woldmann!", grüßte der Beamte, hier Ulrich vom MEK „wir haben gerade in Rahlstedt einen Mann festgenommen, der wegen mehrfachen Zechbetrugs in teuren Lokalen auf der Reeperbahn und wegen einer damit zusammenhängenden Schlägerei zur Verhaftung ausgeschrieben war. Der hat die ganze Wohnung voll von SM-Utensilien und anderem. Sieht aus, wie im Puff. Außerdem hat er bei der Festnahme gefragt, ob ihn die Helga vom Club 77 verpfiffen hätte. In dem Club ist doch letzte Woche ein Mädchen umgebracht worden, oder? Ich dachte halt, vielleicht ist das euer Nuttenmörder!"

„Mensch, Ulrich", rief Woldmann erleichtert, „wir waren so mit dem Fall Rabbisch beschäftigt, dass wir die Sache fast aus den Augen verloren hatte. Das wäre zu schön, um wahr zu sein! Ich werde gleich beim Berger anrufen, dass er uns euren Mann überstellen lässt. Danke noch mal für den Hinweis!" Er verabschiedete sich von dem Kollegen und legte den Hörer auf. Er informierte auch die anderen über diese erfreuliche Entwicklung und begann, ein Positionspapier zu entwerfen für die Besprechung beim Kriminaloberrat. Inzwischen war er in den Fall doch auch emotionell involviert und würde ihn nur ungern abgeben. Zumal die Geschichte mit dem Prostituiertenmörder offensichtlich wohl bald ad acta gelegt werden konnte.

Verdächtiger Nr.1 Robert Rabbisch, der älteste Sohn. Er hätte seine Expansionspläne begraben müssen, anstatt einen deutsch-amerikanischen Einzelhandelskonzern zu führen, hätte er bestenfalls Geschäftsführer der Stiftung werden können. Für den ehrgeizigen Mann wohl hart, aber ein Grund für einen Mord, noch dazu an seinem eigenen Vater?

Es blieb Verdächtiger Nr.2, ja, wer denn eigentlich? Woldmann wurde das Gefühl nicht los, dass die Leute vom Restaurant Waldschlösschen ihm nicht die ganze Wahrheit erzählt hatten. Vor allem die Verbindung zwischen dem alten Bellmann und dem Koch. Bellmann, der einstige Weinhändler, der jetzt ausgerechnet als Gärtner bei Rabbisch arbeitete, einem Mann, der vielleicht nicht ganz unschuldig war am Niedergang der Weinimportfirma. Dem wollte er als nächstes nachgehen, wenn es da einen Zusammenhang gab, wäre ein Motiv gefunden. Zudem kannten sich Bellmann und der Koch vom Waldschlösschen anscheinend schon länger.

Derjenige, der das Essen geliefert hatte. Wenn bloß endlich die genaue Analyse des Giftes vorliegen würde. Er rief noch mal im Institut an und machte Druck. Man versprach, das Ergebnis noch morgen Vormittag zumindest telefonisch bekannt zu geben.

Nummer 3, den Bäckermeister, konnte man von der Liste streichen. Der lebte, laut Recherche von Pallhuber, seit einem Jahr in einem Altenheim, verbittert zwar und durchaus noch in der Lage, finstere Pläne zu schmieden, aber bestimmt nicht mehr fähig, um sie auch auszuführen. Woldmann nahm die Liste, packte sie zu der Ermittlungsakte und rief seine Leute zusammen, um gemeinsam ins Besprechungszimmer von Doktor Berger zugehen.

Dort trafen sie auf zwei ältere Hauptkommissare, den einen kannte Pallhuber von einem Lehrgang, der andere stellte sich vor als Christian Pammer, Leiter des Wirtschaft- und Ordnungsamtes Bezirk Mitte. Oberrat Berger hatte ihn gebeten, sich der Sonderkommission als Berater zur Verfügung zu stellen.

„Ich habe vierzehn Jahre lang als Lebensmittelkontrolleur gearbeitet, war in Restaurants, Supermärkten etc. ein- und ausgegangen. Sicherlich kann ich ihnen da den einen oder anderen Insidertipp geben, meine Herren!" Die guckten zuerst etwas erstaunt, aber nach und nach fanden sie die Idee gar nicht so übel.

„Sie brauchen hier zwar nicht die Qualität von Frittierfett überprüfen oder die vorgeschriebene Länge der Currywürste überprüfen, Herr Pammer!", meinte Woldmann, „aber sobald wir die Analyse des Giftes, das den Tod verursacht haben soll, wissen, können sie uns bestimmt dabei helfen, den Weg des Gifts bis in den Magen von Rabbisch zu zurückzuverfolgen."

Inzwischen war Doktor Berger zu den Beamten in den Raum getreten und rief erfreut „Schön, dass sich die Herren bereits bekannt gemacht haben! So spare ich mir lange Erklärungen" und guckte Woldmann dabei leicht schuldbewusst an.

„Ich habe hiermit eine Sonderkommission in der Leichensache Rabbisch zusammengestellt, deren Leitung ich natürlich offiziell übernehmen werde. Ich bitte Herrn Kollegen Woldmann, mich dabei zu vertreten, da ich mich natürlich nicht die ganze Zeit nur um diese eine Sache kümmern kann!"

Der Angesprochene verdrehte die Augen und dachte „Ach der arme Berger, der ist ja so überlastet, rennt von einem Sektempfang zum anderen, dann noch Gastredner auf Seminaren. Da muss man ihm natürlich helfen!".

Nach außen hin ließ er sich nichts anmerken und bejahte die Frage seines Chefs höflich und bestimmt. Sie gingen alle Einzelheiten noch einmal durch, aber Berger hielt nicht viel von praktischen Erwägungen, er wollte Ergebnisse sehen.

Fein säuberlich zu Papier gebracht. Und zwar so, dass er bei den abschließenden Pressekonferenzen keine peinlichen Zwischenfragen mehr fürchten musste. Kurzerhand schob er einen wichtigen dienstlichen Termin vor und verabschiedete sich eilig.

Kapitel 7

Da die Sonderkommission nun leider ohne ihren genialsten Kriminalisten auskommen musste, übernahm Woldmann das Ruder und lud die Kollegen auf einen Kaffee in die Kantine ein.

Dort gingen sie erst mal das bisher Bekannte durch und beschlossen, sich auf Robert Rabbisch als den Hauptverdächtigen zu konzentrieren. Britta Wilhelm hatte wieder Einwände dagegen und wurde kurzerhand beauftragt, dem Waldschlösschen noch einmal einen Besuch abzustatten.

„Ihr werdet sehen, die haben uns noch nicht alles erzählt, was sie wissen!" Plötzlich winkte ihnen Frau Binder, die Kantinenleiterin zu und deutete auf das Telefon. Pallhuber übernahm die ungeliebte Aufgabe, aufzustehen und das Gespräch entgegenzunehmen. Als er zurückkam, machte er ein zufriedenes Gesicht.

„Endlich! Sie haben das Gift zweifelsfrei ermittelt! Es ist Atropin. Ich versteh nicht, dass die für so ein Allerweltsgift derart lange gebraucht, zuhaben". Woldmann nickte zustimmend und sagte „ich werde gleich den Professor anrufen, vielleicht kann er wenigstens noch ein paar Tipps geben, wodurch dem Rabbisch das Gift verabreicht, worden sein könnte.

„Hallo Herr Woldmann", begrüßte ihn der Professor freundlich, nachdem er sich am Telefon zu erkennen gegeben hatte. „Sie werden sicher schimpfen, dass wir so lange gebraucht haben. Aber ich hatte zuerst auf Clostridium botulinum getippt, wegen der Schilderungen über den Ablauf der letzten Minuten des Opfers. Bei der Feinanalyse des Mageninhalts bestätigte sich aber doch unser Anfangsverdacht Atropinum belladonna."

Woldmann unterbrach ihn „das ist doch dieses Gift aus der Tollkirsche, nicht wahr? Haben Sie denn eine Idee, wie man es am besten einem potenziellen Opfer zuführen könnte, Herr Professor?"

„Ich habe mich ein bisschen schlau gemacht in der Kriminalgeschichte, mein lieber Woldmann. Im Mittelalter hat man es in Rotwein gemischt, das soll damals ein beliebtes Mittel gewesen sein, um ungeliebte Zeitgenossen aus dem Weg zu räumen!"

Woldmann bedankte sich für die Informationen und legte den Hörer auf. „Komm, Günther, wir fahren jetzt einfach mal zum Sohn von Rabbisch. Mal sehen, was er uns erzählt. Bis jetzt hat er immer dringende Geschäftstermine vorgeschoben, um einer Befragung auszuweichen."

Den zurückbleibenden Beamten teilte er verschiedene Aufgaben zu und verabschiedete sich.

In der Firmenzentrale angekommen gingen sie zur Rezeption, wo man sie nach Nennung ihres Gesprächswunsches ziemlich von oben herab abzuwimmeln versuchte.

„Herr Rabbisch ist zurzeit auf einer Besprechung. Haben Sie einen Termin?". Die beiden zeigten ihre Dienstausweise vor, was die Miene der Dame aber auch nicht aufzuhellen vermochte. „Wenn es so dringend ist, wie sie sagen, dann will ich versuchen, was ich tun kann, meine Herren!"

Die Vorzimmerdame in der Bel Etage zeigte sich schon wesentlich aufgeschlossener. „Sie tun ja sicher nur ihre Pflicht, Herr Kommissar, nicht wahr?" und führte sie zur lederbezogenen Eingangstür ins Allerheiligste.

„Guten Tag, meine Herren!", begrüßte der Juniorchef sie überraschend freundlich. Das Büro war edel und geschmackvoll, aber nicht protzig eingerichtet. An der Wand hing ein altmodisches Bild mit einem röhrenden Hirsch. Auf ihren wenig begeisterten Blick hin klärte sie Rabbisch auf, „Mein Vater war begeisterter Jäger. Das Bild hat ihm seine Mutter zum Vierzigsten geschenkt. Ihm hat auch nicht so großartig gefallen, aber wohl oder übel hat er es im Büro aufgehängt. Und aus Sentimentalität habe ich es hängen lassen, als mein Vater mir die Geschäfte überlassen hat. Meine Großmutter war eine außergewöhnliche Frau!"

Sie nahmen am Besuchertisch Platz und die Vorzimmerdame betrat unaufgefordert das Büro, in der Hand ein Tablett mit Kaffeegeschirr. Sie stellte alles auf einen kleinen Beistelltisch, der Woldmann gleich an den Einlegetisch in der Rabbisch Villa erinnerte, der ihm bei seinem ersten Besuch so angenehm aufgefallen war.

Rabbisch ließ es sich nicht nehmen, den Beamten selbst den Kaffee einzuschenken und nach dem üblichen Ritual kam man endlich zur Sache.

„Man hat ihnen sicher einiges erzählt über die Pläne meines Vaters, nehme ich an" Rabbisch zog genüsslich an der filterlosen Zigarette, die er sich gerade angesteckt hatte. „Ich gebe zu, dass ich nicht begeistert war, dass er die Firma verkaufen und den Erlös in eine Familienstiftung stecken wollte" Mit einem leichten Grinsen fuhr er fort, „aber deshalb werde ich doch meinen geliebten Vater nicht umbringen, oder?"

Er schaute die Beamten an, versuchte an den Regungen ihrer Gesichter zu erkennen, wie sie seine Worte wohl aufnehmen würden und ebenso verstehen.

„Dabei fällt mir ein, wodurch ist er denn nun eigentlich gestorben?"

Statt einer Antwort fragte nunmehr Woldmann „ich würde gerne mal von ihnen den Ablauf des fraglichen Abends geschildert bekommen". Das war nun nicht unbedingt nach dem Geschmack des jungen Rabbisch, üblicherweise stellte er die Fragen und bekam auch sofort eine Antwort. Deshalb erzählte er mit etwas säuerlicher Miene „ich bin schon am frühen Nachmittag zur Villa meines Vaters gefahren, um mit ihm noch einmal über seine Pläne zu sprechen..."

„Sie meinten wohl, um ihn umzustimmen?" unterbrach ihn Pallhuber. „Ihr Prokurist hat uns einige Geschichten erzählt über Schreiduelle zwischen ihnen und ihrem Vater!"

„Ach was, der Reitmeyer", erwiderte er ärgerlich, „der war doch nur scharf darauf, alleiniger Geschäftsführer der Rabbisch-Organisation zu werden. Bei jeder Gelegenheit hat er versucht, meinen Vater gegen mich aufzuwiegeln!" Pallhuber bohrte weiter. „was war denn dann, als die übrigen Gäste nach und nach eintrudelten?"

„Zuerst kam Herr Scholz, wie so oft ohne seine Frau. Die musste die Stellung halten im Waldschlösschen. Immerhin hat er die Warmhaltebehälter mit dem Essen mitgebracht. Danach kamen meine Schwestern Marika, sie ist mit dem Industriellen Wichmann verheiratet und Annegret, meine jüngste Schwester mit ihrem Verlobten, Herrn Schwabe. Bevor das Essen losging, tranken wir einen Aperitif, die meisten von uns einen trockenen Sherry. Meinem Vater gehört das Weingut in Jerez zur Hälfte."

„Und was trank ihr Vater, auch einen Sherry?" fragte Woldmann. „Nein, mein Vater liebte Rotwein", antwortete er." Bordeaux, um genau zu sein. Der Chateau Margaux, 1988 hatte es ihm besonders angetan. Den hat Bellmann über alte Kontakte besorgt, der Jahrgang ist nicht mehr so leicht zu kriegen. Und Scholz musste die Flaschen in seinem alten Weinkeller in Blankenese lagern. Da war mein Vater sehr eigen drin. Für seinen Chateau Margaux war ihm keine Mühe zu groß. Und so bestand auch nicht die Gefahr, dass er mal zu viele davon trank oder gar ausschenkte. Auf die Art hatte er immer nur eine bestimmte Menge im Haus".

„Und an diesem Tag brachte Herr Scholz die neuen Flaschen mit?", fragte Pallhuber.

„Ja", antwortete Rabbisch.

„Und der alte Bellmann hat die Getränke serviert. Er musste den Wein für meinen Vater immer in einen Dekantierer gießen, genau eine halbe Stunde vor dem Servieren. Damit er atmet, hat er immer gesagt".

„Soso, dann hat also niemand die Flasche gesehen, aus der ihr Vater seinen Wein bekam?"

Kapitel 8

Am nächsten Morgen saßen die Mitglieder der Sonderkommission schon beinahe vollzählig zusammen, als das Telefon klingelte und Britta Wilhelm sich meldete.

„Hallo Chef", meldete sie sich aufgeregt, „tut mir leid, dass ich zu spät komme, aber ich bin gestern an der Bar des Waldschlösschens versackt. Ich versteh nicht, dass mir so etwas passieren konnte. Dabei hab doch nur Apfelcidre getrunken!"

„Also so etwas", antwortete Woldmann väterlich vorwurfsvoll, „das hätte ich mir von Ihnen gar nicht gedacht!". Er konnte nur mühsam ein Lachen unterdrücken, während die Kollegen, die das Gespräch über die Mithörtaste verfolgten, ungehindert losprusteten.

„Aber ich habe bei meinem Besuch dort einige Neuigkeiten erfahren!", versuchte sie ihrem Ausrutscher etwas Positives abzugewinnen, „Das könnte uns weiterbringen bei dem Fall. Ich flitz mal los ins Büro. Bis bald, Chef!"

Woldmann legte auf und wandte sich wieder an den Lebensmittelinspektor. „Ich habe ihnen doch von dem Gift erzählt, Herr Pammer. Was glauben Sie? Könnte jemand das Atropin in die Originalflasche injizieren, vielleicht mit einer Spritze durch den Korken?"

Pammer wiegte den Kopf hin und her und meinte skeptisch „Ich glaub gar nicht, dass man es so kompliziert machen muss. Bei diesen teuren alten Weinen wird ohnehin oft gemauschelt. Man entfernt den Korken, um sicherzugehen, dass der Wein nicht muffig ist und verschließt die Flasche mit einem neuen Korken und versiegelt ihn. Außerdem habe ich gehört, dass der Wein von dem Servierpersonal sowieso erst in ein Dekantiergefäß abgefüllt worden ist".

„Ja, das war der alte Bellmann", sagte Woldmann, „der arbeitet als Gärtner bei den Rabbisch. Und der hatte früher einen Weinhandel. Langsam kommen wir der Sache offensichtlich näher. Wenn ich bloß wüsste, was für ein Motiv der Alte haben könnte!"

Während er noch vor sich hin sinnierte, wurde er durch lautes Hallo aufgeschreckt. Britta Wilhelm war eingetroffen und entsprechend lautstark begrüßt worden.

„Na Britta, ein Gläschen Wein gefällig? Man soll mit dem weitermachen, mit dem man aufgehört hat!"

Die Arme musste sich noch so manch anderen Flachs gefallen lassen von den Kollegen, bevor es ihr zu bunt wurde. „Die müssen mich mit Absicht betrunken gemacht haben, sonst wäre mir das nie passiert!" rechtfertigte sie sich mit rotem Kopf.

„Na, dann sei froh, dass du noch lebst", schallte die Antwort zurück „Vielleicht hat man dir auch Atropin in den Wein gemischt, wie dem alten Rabbisch!". Sie wurde bleich und fragte „Und ihr meint, dass das Gift mit dem Wein an Rabbisch verabreicht wurde?"

Woldmann beruhigte sie und legte väterlich den Arm um ihre Schulter.

„Komm Britta, jetzt setz dich erst mal zu mir und erzähl genau, was gestern Abend im Restaurant war. Und ihr lasst sie endlich in Ruhe. Habt ihr nichts Besseres zu tun? Ich kann euch ja losschicken und die Giftschränke in allen in Frage kommenden Apotheken überprüfen lassen!"

Sofort hatten sich alle schuldbewusst tief in ihre Akten vergraben und Britta Wilhelm fing an zu berichten.

„Sie hatten das Waldschlösschen gerade aufgemacht, als ich ankam. Jean, der Koch stand vor dem Haus und schrieb mit Kreide das Abendmenü auf die Schiefertafel. Als er mich erkannte, war ich mir nicht ganz sicher, ob seine Verlegenheit mir galt oder dem Besuch der Polizei. Ich denk mal, von beidem etwas. Auf jeden Fall beendete er auffallend hastig seine Malarbeit an der Tafel und ging eilends in seine Küche. Nicht ohne vorher in Richtung Tresen ein paar französische Worte zu rufen. Es hörte sich an wie ein leises Fluchen. „Merde..." und so weiter. Mehr konnte ich nicht verstehen."

Einer der Kollegen, der Britta Wilhelm zugehört hatte rief feixend: „Französisch ist wohl nicht deine Stärke, oder? Zumindest nicht sprechen!" Verächtlich winkte sie ab. „Ihr mit euren sexistischen Späßen, kümmert euch lieber um die Ermittlungen!" Woldmann pflichtete ihr bei und sie erzählte weiter.

„Ich habe mich dann an den Tresen gesetzt und bei der Frau Scholz eine Apfelschorle bestellt."

„Probieren sie doch einmal unseren Cidre, das ist ein französischer Apfelwein, wir bekommen ihn von einem befreundeten Bauern aus der Normandie!".

„So habe ich mich halt überreden lassen. Er schmeckte auch zu gut. Vom Alkohol merkte man nichts. Den habe ich erst zu spät gemerkt!", fügte sie entschuldigend hinzu.

Woldmann versuchte nachzuhaken.

„Wer war denn sonst noch im Restaurant?"

„Das wollte ich doch gerade erzählen. An einem kleinen Zweiertisch ganz hinten in der Ecke saßen zwei ältere Männer. Erst später erkannte ich in ihnen den Herrn Bellmann und den Wilfried Scholz. Sie waren ganz versunken in ihre Unterhaltung und als Bellmann einmal aufschaute und mich am Tresen erkannte, war er sichtlich erschrocken. Scholz versuchte die Situation zu retten und lud mich jovial ein, an ihrem Tisch Platz zu nehmen, was ich auch dann tat. Dem Bellmann war das gar nicht recht. Er schob einen dringenden Arzttermin vor und verabschiedete sich eiligst." Woldmann guckte überrascht und fragte

„Hat denn der Scholz wenigstens noch etwas interessantes erwähnt?"

„Klar, Chef, lassen sie mich doch weitererzählen! Er redete gar nicht lange um den heißen Brei herum. „Sie wundern sich bestimmt, was wir hier so zu besprechen haben, Frau Kommissarin? Der Alwin ist ein alter Freund aus gemeinsamen Tagen in Süddeutschland. Er hatte in Trier einen Importhandel für französische Weine und ich in Idar-Oberstein ein Restaurant. „Le Provencal" hieß es."

Britta Wilhelm redete munter weiter, es sprudelte nur so aus ihr heraus.

„Was glauben sie, Chef, wer der Hauptlieferant von Bellmann war? Ich sag es ihnen, sie erraten es sowieso nie. Jean Paul Morell, der heute im Waldschlösschen kocht. Die drei hatten sich bei einer Verkaufsveranstaltung von Morells Weingut im Bordeaux kennengelernt. Später trafen sie sich öfters in Scholz' Restaurant in Idar-Oberstein".

„Da fehlt ja nur noch ein einziges Bindeglied in der Kette", meinte Woldmann.

„Ja, Chef, es geht gleich weiter."

Inzwischen war auch die Vorspeise gekommen, Herr Scholz hatte mich zum Essen eingeladen. Ich weiß, ich hätte das nicht annehmen dürfen. Aber er war so offen und freundlich. Erzählte fast von allein alles, was ich eigentlich fragen wollte. Ich war beim Cidre geblieben, bis er mir einen Calvados anbot.

Der passt gut zum Apfelwein, wird ja auch daraus gebrannt, meinte er. Na ja, ich habe mich erst geschüttelt. Aber bald wurde mir ganz komisch im Magen das letzte, woran ich mich noch erinnern kann, war, dass Bellmann früher der Exklusivlieferant für französische Weine in den Rabbisch Märkten war.

Kapitel 9

Der Kreis hatte sich zu schließen begonnen. Im Büro von Kriminaloberrat Berger trafen die Mitglieder der Sonderkommission Rabbisch zusammen, um Bericht zu erstatten. Der Oberrat strahlte übers ganze Gesicht, sah er sich doch schon bei der obligaten Pressekonferenz stolz den Täter präsentieren.

„Moment, Chef, freuen wir uns noch nicht zu früh! Der Haftrichter hat zwar zwei Haftbefehle ausgestellt, gegen Morell und Bellmann, wegen Verdunklungsgefahr. Aber wenn wir kein Geständnis bekommen, sehen wir alt aus, mit den paar Indizien. Im Grunde genommen haben wir kein Motiv, nur einen Verdacht. Wahrscheinlich ist Rabbisch mit den Beiden ähnlich umgegangen wie mit vielen anderen seiner Lieferanten. Erst abhängig gemacht und dann so lange im Preis gedrückt, bis nichts mehr ging. Aber wie gesagt, das ist nur ein Verdacht!"

Etwas enttäuscht wandte sich Berger an Woldmann und polterte los.

„Dann bringen sie doch die zwei zu mir zum Verhör. Ich werde ihnen schon Dampf machen. Irgendwann hat bei mir noch jeder gestanden!".

„Na ja, Aber nur weil wir ihm die notwendigen Beweise verschafft hatten", dachte Woldmann ärgerlich.

Während Pallhuber und Britta Wilhelm ihren Dienst-Golf auf dem kleinen Parkplatz vor dem Waldschlösschen abstellte, genügte schon ein kurzer Blick zum Eingang hin, um zu sehen, dass etwas nicht stimmte. An der Tür stand ein älteres Paar und lugte neugierig durch die dunklen Bleiglasscheiben in den Innenraum des Lokals, offensichtlich ohne irgendeinen Hinweis auf darin befindliche

Personen zu finden. Ärgerlich nahm der Mann seine Begleiterin an die Hand und drängte sie zurück in Richtung Parkplatz.

„Unverschämtheit, gestern Abend haben wir einen Tisch reserviert für heute und nun ist das Lokal geschlossen!", raunte er den beiden Beamten zu.

Die wollten sich zuerst persönlich davon überzeugen und gingen an die Rückseite des Reetdachs gedeckten Gebäudes. Neben einem großen Müllbehälter war eine kleine füllige Frau damit beschäftigt, einen Eimer mit Speiseresten in ein dafür vorgesehenes Gefäß zu entleeren. Pallhuber zeigte seinen Dienstausweis vor und fragte sie, wer sie sei und warum das Lokal geschlossen habe.

„Ich bin Jovanka, die Küchenfrau. Ich komme aus Slowenien. Die Chefin war vor einer Stunde hier und hat gesagt, Jean Paul, unser Koch ist weg. Einfach so, verschwunden. Und ohne Koch können wir das Restaurant nicht aufmachen. Die Chefin ist nach Rissen gefahren, dort wohnt Frau Leber, die ist gelernte Köchin und hilft manchmal hier aus. Vielleicht kann sie Martha überreden, wieder bei uns zu arbeiten. Jedenfalls so lange, bis Jean Paul wiederkommt."

Pallhuber hatte zuerst vergeblich versucht, den Redefluss der Küchenhilfe zu stoppen, aber nun war er froh es nicht getan zu haben. Sie schien gut informiert zu sein und die beiden ärgerten sich, die Frau nicht schon früher vernommen zu haben.

„Arbeiten sie schon lange im Waldschlösschen, Jovanka? Ich darf sie doch so nennen, oder?" fragte Britta weiter.

„Ja, natürlich, mein Nachnamen Bredajovic ist ja für Deutsche nicht so leicht auszusprechen. Ich arbeite schon seit acht Jahren hier, und in Deutschland lebe ich schon seit 1972.

Hier im Waldschlößchen wird zwar gut bezahlt, aber es ist auch ganz schön viel Arbeit", meinte sie mit sorgenvollem Gesichtsausdruck. Das erinnerte Britta an ihre Studentenzeit, als sie zur Finanzierung ihres klapprigen Gebrauchtwagens nebenbei in einer Kneipe jobbte. Auch dort schmiss eine jugoslawische Küchenhilfe den Laden, während der Koch die meiste Zeit vorne am Tresen saß und mit den Stammgästen klönte.

„War denn dieser Jean-Paul die ganze Zeit schon Koch hier, oder kam er erst später?", fragte sie weiter.

„Nein", antwortete Jovanka, „vorher war Martha bei uns, Frau Leber. Aber dann kam eines Tages Jean-Paul zu Besuch. Die kannten sich von früher, der Chef und er. Die Chefin war gar nicht so froh, ihn zu sehen, hatte ich das Gefühl. Auf jeden Fall saß er tagelang am Tresen und redete auf Herrn Scholz ein. Und eines Tages kam Frau Leber heulend aus dem Büro und verabschiedete sich von mir.

„Die wollen einen französischen Luxusschuppen aus dem Waldschlösschen machen", sagte sie empört und ging weg.

Erst Monate später kam sie wieder vorbei, um hallo zu sagen. Und Frau Scholz hat sie gleich überredet, wenigstens als Aushilfe wieder hier zu arbeiten. Doch Jean-Paul und sie verstehen sich nicht besonders. Jetzt kommt sie nur noch für spezielle Anlässe wie Familienfeiern oder Hochzeiten. Dann haben wir manchmal Gäste, die lieber deutsche Traditionsgerichte essen wollen. Dann ist Jean-Paul froh, dass sie das macht. Nun versuchte Pallhuber, auch einmal zu Wort zu kommen.

„Sie sprechen aber wirklich ausgezeichnet Deutsch, Frau Jovanka", begann er schmeichlerisch. Als sie ihn verlegen lächelnd ansah, fuhr er fort. „Wissen sie denn noch mehr über die frühere Verbindung von Herrn Scholz und Jean-Paul?".

In diesem Fall erwies es sich die Geschwätzigkeit der Frau als überaus hilfreich, den sie antwortete sofort „Eigentlich nicht. Aber wir haben doch diesen Stammgast, den bekannten Rabbisch. Die scheinen sich alle drei von früher zu kennen. Ich habe mal Jean-Paul über Rabbisch schimpfen gehört, da hat er etwas gesagt, dass dieser Mann über Leichen gehen würde. Aber ich habe das nicht besonders ernst genommen, denn er hat oft über mich gelästert, dass ich immer in dem Rabbisch Markt einkaufen gehe. Wie soll ich denn sonst meine Familie satt kriegen, bei den Preisen heutzutage".

„Bisher ist sie wohl immer satt geworden, die gute", dachte Pallhuber im Stillen nach einem Blick auf ihren wohlgerundeten Körper, ließ sich aber nichts anmerken und ermunterte sie weiterzusprechen. „Beim Rabbisch ist halt alles viel billiger", rechtfertigte sie sich.

„Jean-Paul meint, die Qualität der ganzen Lebensmittel würde den Bach runter gehen wegen dieser Billig-Hysterie, wie er es nennt." Sie rückte nahe an den Beamten und flüsterte beinahe „Der Rabbisch wird noch mal dran glauben müssen, hat er gesagt. Meine Existenz hat er zerstört, und die meines Freundes"

„Und wer war dieser Freund? Herr Scholz etwa?" fragte Britta Wilhelm interessiert. „Nein, der Alwin, der arbeitet bei Rabbisch als Gärtner hat Jean-Paul gesagt. Und seine Frau ist dort Haushälterin."

Diese Aussage genügte den beiden, sie verabschiedeten sich hastig und fuhren zurück ins Büro, um mit ihrem Chef das weitere Vorgehen zu besprechen. Auf dem Flur des LKA-Gebäudes trafen sie auf einen früheren Kollegen, der zu einer ruhigeren Dienststelle gewechselt war. Er begrüßte sie erfreut und meinte: „das ist gut, dass ich euch hier treffe, ich habe nämlich gerade eine Anfrage der französischen Polizei aus Straßburg bekommen. Die haben dort einen Selbstmord zu bearbeiten und der Tote war seinen Papieren zufolge Deutscher und zuletzt in Hamburg gemeldet. Der Name kommt mir bekannt vor, ich kenne den Fall Rabbisch zwar nur aus der Zeitung, aber er kam in dem Artikel vor."

„Und wie heißt der Mann?" fragten Britta und Pallhuber.

„Bellmann, Alwin Bellmann."

Kapitel 10

Zwei Tage zuvor, Südfrankreich

Schwülwarme Luft schlug ihnen entgegen, als sie aus der kleinen Boeing 737 der Air France auf die Gangway traten, um zum Flughafenbus zu gelangen, der sie zum Ankunftsgebäude des Flughafen Bordeaux bringen sollte.

Alwin Bellmann blickte suchend hinter sich und sah, dass Jean-Paul nun ebenfalls aus dem Flugzeug kam. Am Ende der Treppe wartete er auf ihn und beide stiegen gemeinsam in den wartenden Bus. Dank Schengener Abkommen konnten sie zügig durch das Gebäude zum Ausgang eilen, da auch ihr Gepäck überraschend schnell auf dem Förderband aufgetaucht war.

Vor dem Flughafengebäude blickte Jean-Paul suchend umher und bald erspähte er die Frau, die ihm schon einige Zeit vergeblich zugewinkt hatte.

„Das ist Louise, meine ältere Schwester", sagte er zu seinem Begleiter, „und das ist mein Freund Alwin aus Deutschland", stellte er Bellmann wiederum der Frau vor.

Nach dieser kurzen Begrüßung drängte sie die Beiden zu ihrem in der Nähe stehenden schwarzen Renault.

„Ich darf hier eigentlich nur zum Ausladen von Fluggästen halten", entschuldigte sie ihre ungewöhnliche Eile. Während Jean-Paul einen bedrohlich näherkommenden Polizisten mit entschuldigenden Gesten zu beschwichtigen versuchte, stieg er mit Bellmann ein, schnell startete sie den Wagen und fuhr los. Bald erreichten sie die A 63 und setzten ihre Fahrt Richtung Süden fort. Den herrlichen Ausblick auf den Gascogne Nationalpark wollte keiner der drei so recht genießen, nach kurzer Fahrt bogen sie rechts ab Richtung Küste.

In Arcachon angelangt, parkten sie das Auto am Marktplatz und gingen in das örtliche Fremdenverkehrsbüro, um ein Zimmer für die Übernachtung zu kriegen. Die junge Angestellte brauchte nicht lange, um zwei der in der Nachsaison reichlich vorhandenen Zimmer zu finden und kam auch noch mit nach draußen, um ihnen die Richtung zu zeigen, in der sie zur Pension gehen sollten.

Dort angekommen ließ sich Jean-Paul an der kleinen Rezeption eine Telefonmünze geben und betrat die Zelle. Er wählte die Nummer des örtlichen Pflegeheimes und erkundigte sich nach den Besuchszeiten.

Die Auskunft schien ihn sichtlich zu befriedigen und so ging auch er nach oben in den ersten Stock, wo er mit seiner Schwester das Zimmer teilen sollte, während Bellmann ein kleines Einzelzimmer bewohnte. Nachdem jeder seine Reiseutensilien verstaut hatte, beschlossen sie gemütlich essen zu gehen.

Die Concierge empfahl ihnen das Chez Albert, nur drei Häuser weiter. Der Patron, ein Franzose wie aus dem Bilderbuch, öffnete dienstfertig die Eingangstür und zeigte ihnen einen gemütlichen Vierertisch am Fenster.

Da sie lieber ungestört unterhalten wollten, lehnten sie das Angebot zu seinem Erstaunen ab und wollten lieber einen eher unattraktiven, dafür verschwiegenen Tisch in der hintersten Ecke des Lokals. Sie bestellten eine Flasche Roten und einen Weißwein, ohne den Empfehlungen des Patrons allzu viel Beachtung zu schwenken.

„Bringen Sie doch einfach die Hausmarke, und eine große Flasche Mineralwasser dazu, rief Jean-Paul dem Kellner zu. Danach wählten sie von der Tafel die Schnecken in Knoblauchbutter, danach Coq´ au vin. Während alle mit kundiger Hand die Schneckenzange benutzten, um die würzigen Tierchen aus ihrer Schale herauszupulen und mit einem Stück in Knoblauchbutter getränkten Weißbrot in ihren Mündern verschwinden zu lassen begannen sie nun endlich sich miteinander zu unterhalten. Der Zweck ihrer überstürzten Reise in die Vergangenheit war nicht gerade angetan gewesen, während der Fahrt mehr als das Nötigste an Worten zu wechseln. Louise strich ihrem Bruder liebevoll über das schütter gewordene Haar und fragte: „Na, Jean-Paul, freust du dich nicht, wieder in der Heimat zu sein, weit weg vom kalten Norddeutschland?"

Das zauberte auch bei ihm ein gequältes Lächeln auf das zerknitterte Gesicht und er beantwortete die Frage mit einem geschwisterlichen Kuss auf ihre Wange. Bellmann saß etwas irritiert dabei, ihm schien ein Kloß im Hals zu sitzen.

„Komm Alwin, trink doch noch einen Schluck von dem Roten, dann denkst du nicht an morgen. Meinst du, mir macht das keine Sorgen, meine kleine Schwester wiederzusehen in ihrer elenden Verfassung?".

„Du hast leicht reden, Jean-Paul, ich kenne sie doch nur als die hübsche und liebenswerte Madeleine, nicht als das, was seit ihrem missglückten Selbstmordversuch von ihr übrig geblieben ist!".

Trotz aller Verbitterung befolgte er dennoch den Rat seines Freundes und nahm einen kräftigen Schluck aus seinem Glas. Inzwischen hatte der

Kellner den Hauptgang serviert und alle aßen schweigend.

„Ah, bon, das ist ein Coq au vin, wie ich es selbst nicht besser hingekriegt hätte!", lobte Jean-Paul das herrlich duftende Geflügelgericht und wischte mit einem Stück Weißbrot den letzten Tropfen Rotweinsauce von seinem Teller.

Das Angebot des Kellners, mit dem Dessertwagen an den Tisch zu kommen, lehnten sie dankend ab und bestellten lieber zum Abschluss einen Cognac.

Der Alkohol tat seine Wirkung und so klang der Abend im Restaurant ganz gegen die eigentlich triste Stimmung der drei doch noch versöhnlich aus. Nachdem sie bezahlt hatten, beeilten sie sich ins Bett zu kommen und gingen auf ihre Zimmer. Am nächsten Morgen war ihnen nicht nach einem opulenten Frühstück zumute, sie kauten lustlos auf ihren Croissants herum und schlürften den Kaffee au lait. Danach gingen sie zum Wagen und fuhren auf die Landstraße Richtung Biscarrosse.

Nach circa zwanzig Kilometer waren sie am Ziel ihrer Reise angelangt, dem Pflegeheim der Barmherzigen Schwestern. Sie läuteten mit der kleinen Tischglocke an der Anmeldung und mit wehendem Rock kam eine junge Ordensschwester, um nach ihren Wünschen zu fragen. Die Antwort veränderte ihre Miene sofort von einem freundlichen Lächeln in eine Mischung aus Trauer und Mitleid.

Mitleid auch mit ihnen, die Madeleine Morell besuchen wollten. Sie führte die drei in den Zweiten Stock, das Zimmer gleich neben dem Aufzug. Muffiger Geruch und lähmende Stille schlug ihnen entgegen, als sie den kleinen Raum betraten. Nur unterbrochen von den ganzen Geräuschen der Maschine im Zimmer.

Auf dem hochgestellten Bett kauerte ein schlaffes dünnes Etwas, das früher der Körper einer jungen Frau gewesen war. An der Seite des Bettes eine Apparatur, aus der Beatmungs- und Absaugschläuche ragten, deren Enden am Gesicht der bedauernswerten Person befestigt waren.

„Alles, was sie noch bewegen kann, ist ihr Mund und die Augenlider. Alles andere ist gelähmt!", sagte die Ordensschwester mitfühlend.

„Wenigstens kann sie noch allein essen, selbst das Atmen muss eine Maschine übernehmen", fuhr sie fort.

Die drei standen hilflos um die junge Frau, Schwester, Freundin herum. Was sie sahen, schnürte ihnen die Kehle zu. Die ältere Schwester immerhin schaffte es, sich zu einem Lächeln durchzuringen, was von Madeleine dankbar registriert wurde.

„Das tut ihr noch viel mehr weh als ihre eigene Hilflosigkeit, mit ansehen zu müssen, was ihr Anblick bei ihren Liebsten auslöst", meldete sich eine Stimme aus dem Hintergrund.

„Ich bin Dr. Bertrand, der Heimarzt. Ich nehme an, Sie sind Angehörige von Madeleine Morell?". Sie nickten stumm als Antwort. Der Arzt schüttelte ihnen die Hände, klopfte Alwin Bellmann aufmunternd auf die Schulter und fragte: „Sie war wohl ihre Freundin, was? Aber wahre Freundschaft zeigt sich erst in schlimmen Stunden. Sie können nicht viel für sie tun. Schenken sie ihr wenigstens ein Lächeln zum Abschied!". Bellmann tat wie geheißen und sofort veränderte sich ihr Gesicht hin zu einem friedlichen Zug. Das war ein passender Moment, zu gehen.

Hastig verabschiedeten sie sich und drängten zum Aufzug, froh endlich ins Freie zu kommen und die schrecklichen Bilder hinter sich zu lassen. Zurück in der Pension schlichen sie wortlos zu ihren Zimmern. Dort wünschte Jean-Paul seinem Freund eine gute Nacht und flüsterte ihm zu: „nun weißt du, warum ich es tun musste, ich habe es auch für dich getan!"

Kapitel 11

Das Vernehmungsprotokoll ist weg. „Wo ist eigentlich das Vernehmungsprotokoll von Frau Rabbisch?" fragte Woldmann in die Runde.

Ausgerechnet um die Gattin des Mordopfers hatte er sich bisher kaum gekümmert, sich sofort in andere Theorien verbissen. Doch nun musste er sich aber unbedingt einmal mit ihr befassen.

„Und zwar persönlich", sprach er halblaut vor sich hin. Der Beamte, der Frau Rabbisch am Tag nach dem Mord befragt hatte, legte ihm die Mappe auf den Schreibtisch und setzte erklärend dazu „Sie hat sich bei meiner Befragung völlig normal verhalten. Nicht übermäßig erschüttert zwar über den Tod ihres Gatten, aber die zwei waren schließlich schon fast vierzig Jahre verheiratet!"

Woldmann musste schmunzeln und nahm sich die Akte genauer vor. „Vereinbaren sie doch einen Termin in der Villa Rabbisch", rief er dem Kollegen zu, „möglichst noch für heute!" Britta Wilhelm kam mit dem Bericht der französischen Polizei über den Selbstmord von Alwin Bellmann.

„Wir haben endlich die deutsche Übersetzung des Tatortprotokolls bekommen. Er hatte eine Fahrkarte von Bordeaux nach Trier in der Tasche. Warum er in Straßburg die Fahrt unterbrochen hat, ist bisher ein Rätsel. Die Kollegen aus Frankreich sind wenig interessiert daran, das herauszufinden. Es liegt eindeutig Selbsttötung vor".

„Kann ich verstehen", murmelte Woldmann, „aber vielleicht kann uns Jean-Paul, der Koch sagen, warum? Bloß müssten wir ihn erst mal zu fassen kriegen!" Seufzend wählte er die interne Nummer von Kriminaloberrat Berger und bat ihn, bei der

Interpol noch mal Druck zu machen und um beschleunigte Behandlung des Fahndungsersuchens in Sachen Morell zu bitten.

„Frau Rabbisch erwartet Sie in der Villa, Chef!", rief ihm unterdessen der Kollege zu. „Super, dann fahre ich gleich los. Mal sehen, ob sie mir diesmal mehr erzählt als bei der ersten Befragung".

„Guten Tag, Herr Kommissar!", begrüßte ihn die Witwe von Rabbisch freundlich, nachdem er an der Tür geklingelt hatte. Sie öffnete selbst die Tür und meinte entschuldigend „Meiner Haushälterin habe ich frei gegeben, sie kümmert sich um Frau Bellmann. Die Arme hat eben die Nachricht vom Tod ihres Mannes bekommen. Ich bin selbst auch ganz weg. Mein Gott, der alte Bellmann, was mag ihn bloß dazu getrieben haben? Oder glauben Sie am Ende gar, dass er meinen Mann vergiftet hat?"

Woldmann folgte ihr ohne auf die Frage zu antworten ins Besucherzimmer und nahm dankend den angebotenen Stuhl an. Frau Rabbisch schenkte ihm eine Tasse Kaffee ein, deutete auf die Milch- und Zuckerbehälter und sagte „Bedienen Sie sich bitte selbst, Herr Kommissar. Ich habe mich schon gewundert, dass Sie nicht schon früher bei mir erschienen sind und nur einen ihrer Leute geschickt haben". Woldmann blickte sie erstaunt an und fragte nach.

„Gibt es denn etwas, was Sie noch nicht ausgesagt haben, Gnädige Frau?".

Verlegen rutschte die Dame auf dem filigranen antiken Stuhl herum und wand sich, bis sie seine Frage endlich beantwortete.

„Es ist nicht so einfach, davon zu sprechen. Ich bin dreißig Jahre mit meinem Mann verheiratet. Uns ist es immer gut gegangen, aus den Kindern ist etwas geworden. Aber das, was ich von der beruflichen Tätigkeit meines Mannes im Laufe der Zeit so mitgekriegt habe, hat mir nicht immer gefallen!".

Interessiert forderte er sie auf, weiterzusprechen. „Mein Gatte ist immer rücksichtslos vorgegangen, wenn es darum ging, einen Vorteil zu ergattern. Und das nicht nur geschäftlich. Damit hatte er die letzten Jahre sowieso nicht mehr viel zu tun. Auch privat hat er alle nur benutzt." Sie setzte sich betont aufrecht hin und fuhr fort „Einmal muss es alles heraus. Ich habe viel zu lange zugeschaut! Der Bellmann zum Beispiel, der war früher Weinimporteur. Er lieferte französische Weine exklusiv an die Rabbisch Läden. Einer seiner Produzenten war Morell, der jetzt als Koch im Waldschlösschen arbeitet".

„Morell ist verschwunden", unterbrach sie Woldmann. „Na, das wundert mich nicht. Ich würde mich nicht wundern, wenn er an allem schuld ist. Auf jeden Fall kannten sich die beiden schon länger beruflich, bis mein Mann einmal die ganzen Restbestände eines Jahrgangs von Morell´s Bordeaux kaufte. Der Wein schlug ein wie eine Bombe, acht Mark fünfzig für einen erstklassigen Bordeaux, das war Tagesgespräch unter den Weinliebhabern in Deutschland. Viele, die sich bisher zu fein gewesen waren, bei Rabbisch einzukaufen, parkten plötzlich ihren Mercedes vor der Tür und kauften kistenweise ein!".

„Und so", erzählte sie weiter, „Begann die ganze unglückliche Geschichte. Bellmann bekam vor vier Jahren den Auftrag, für das nächste Jahr bei Morell den neuen Jahrgang derselben Sorte zu kaufen, und zwar in einer Menge, die doppelt so hoch war wie dessen letzte Jahresproduktion. Morell schloss also Lieferverträge mit umliegenden Weinbauern ab, vergrößerte seinen Gärkeller, kaufte eine neue Abfüllanlage und bestellte entsprechend viele Flaschen bei der Glasfabrik.

Seine Schwester hatte sich unterdessen in Bellmann verliebt, obwohl dieser verheiratet war. Sie war es auch, die den erst zaudernden Bruder dazu überredet hatte, derart zu expandieren. Dem war die Sache wohl von Anfang an nicht geheuer. Die Verkaufsverhandlungen führten sie immer im „Le Provencal" in Idar-Oberstein. Einmal durfte ich sogar mit. Der Patron war Wilfried Scholz, der jetzt das Restaurant seiner Frau, das Waldschlösschen führt." Sie holte aus der Küche eine Flasche Mineralwasser und zwei Gläser und schenkte beiden ein.

„So redet es sich besser", meinte sie entschuldigend. „Im Jahr darauf begann die Bordeaux Hysterie etwas abzuebben, die Leute wollten nicht mehr jeden Preis bezahlen. Daraufhin warfen etliche Chateaus ihren Wein zu erheblich günstigeren Preisen auf den Markt und auch die Rabbisch Einkaufsabteilung wurde mit Angeboten überhäuft. Kurzerhand stellten sie Bellmann ein Ultimatum, wenn er den Preis nicht noch mal erheblich senken würde, wäre die nur mit Handschlag besiegelte Abnahmeverpflichtung hinfällig.

Der arme Jean-Paul hatte noch dazu gerade das kleine Restaurant auf seinem Chateau modernisiert. Alles auf Kredit natürlich, in Erwartung der gesicherten Abnahme seiner Jahresproduktion. Wenn er aber im Preis noch mal runter gegangen wäre, hätte er nicht mal die anderen Weinbauern auszahlen können. Am Ende hat er weniger Bordeaux

Weintrauben zugekauft, dafür seine Cuvee mit billigerem spanischem Rotwein gestreckt, um den Preis reduzieren zu können. Das kam heraus, er verlor das AOC Prüfsiegel, die Sympathien der anderen Weinproduzenten und mein Mann ließ öffentlichkeitswirksam seinen Wein aus dem Sortiment von Rabbisch entfernen".

Woldmann war ziemlich hin und her gerissen zwischen der Befriedigung einerseits, dass sich nun immer mehr das Motiv und der Täter herauskristallisierten und der Abscheu andererseits über die Methoden der Discounter. „Wenn ich gewusst hätte", sinnierte er, „wie solch günstigen Preise entstehen, und wer am Ende dafür bezahlen muss, dann hätte ich niemals so leidenschaftlich gerne Schnäppchen eingekauft!" "Und der Gipfel war dann", sprach Frau Rabbisch weiter, "nachdem Bellmann Pleite gemacht hatte, stellte mein Mann noch ganz generös seine Frau als Köchin bei uns ein.

Sogar Bellmann selbst überredete er nach einem Jahr, seine Blumen zu pflegen. Und im Waldschlösschen, seinem Lieblingslokal in Blankenese, kochte bald Jean-Paul Morell, sein ehemaliger Weinlieferant. Den er um die Existenz gebracht hatte. Na, dann guten Appetit, habe ich ihm damals nur gesagt. Aber er war sowas von abgebrüht. Der fand das alles noch amüsant".

Woldmann schüttelte angewidert den Kopf, war aber andererseits auch zufrieden. Nun brauchte er eigentlich nur noch die Verhaftung Morells abzuwarten, und der Fall konnte an die Staatsanwaltschaft gehen. Er fuhr zurück in die Dienststelle und dort erwartete ihn schon sein freudig erregter Chef. „Morgen wird er uns überstellt, der Koch!", rief er schon von weitem. Tatsächlich traf Morell am nächsten Morgen ein und schon nach kurzer Zeit gab er zu, das Atropin in die Flasche gegeben zu haben.

„Diese alten Weine werden oft entkorkt, um den einwandfreien Zustand zu prüfen. Anschließend werden sie wieder neu verschlossen. Deshalb wäre es dem Alten gar nicht aufgefallen, selbst wenn er ausnahmsweise mal selbst die Flasche geöffnet hätte", erzählte er ohne jegliche Rührung. Erst als man ihm vom Selbstmord Bellmanns erzählte, schossen ihm Tränen ins Gesicht.

„Ich musste ihm das doch erzählen, dass meine Schwester schwanger war von ihm. Bei ihrem Selbstmordversuch verlor sie nicht nur ihre Gesundheit, sondern auch das Baby. Sie hatte es nicht ertragen können, mich zu der Sache überredet zu haben. Das Chateau, seit Generationen in unserer Familie, war weg, unser guter Ruf zerstört. Da wollte sie nicht mehr leben. Der Rabbisch hat es nicht anders verdient, aber dass Alwin auch noch dran kaputt gegangen ist, das ist zu viel!"

Woldmann ließ ihn das Protokoll unterschreiben und raunte seinem Chef zu, „auch wenn Bellmann den Wein eingeschenkt hat, er hatte jedenfalls nicht gewusst, dass dieser von Morell präpariert war. So war also einmal doch nicht der Gärtner der Mörder!"

Anmerkungen des Autors:

Sandro Hübner meißelt in Berlin, in klaren Sätzen ein Denkmal und ist unverzichtbar für alle, die ihn bei Twentysix lesen, weiterempfehlen und auch kaufen werden.

Bisher erschienen:

Titel:	SAD SONG - Trauriges Lied -
Genre: **ISBN:**	Kriminalroman 978-3-7407-3007-9

Titel:	Juliette und Taddei eine Liebe forever
Genre: **ISBN:**	Liebesroman 978-3-7407-3030-7

Titel:	Rückkehr eines träumenden Delfins
Genre: **ISBN:**	Roman 978-3-7407-3399-5

Titel:	Fesselnde Psycho-Horror-Geschichten
Genre: **ISBN:**	Horror 978-3-7407-4455-7

Titel:	Spannende Thriller-Geschichten
Genre:	Thriller
ISBN:	978-3-7407-4636-0
Titel:	Doppelt stirbt sich besser, mit einem grauenvollen Biss
Genre:	Psychohorror
ISBN:	978-3-7407-4697-1
Titel:	TITANIC Ein Augenzeugenbericht von Helena F. Lang
Genre:	Roman
ISBN:	978-3-7407-5058-9
Titel:	Unheimliche Gruselgeschichten - Teil I -
Genre:	Gruselroman
ISBN:	978-3-7407-5067-1
Titel:	Unheimliche Gruselgeschichten - Teil II -
Genre:	Gruselroman
ISBN:	978-3-7407-5068-8

Titel:	Der Fitnesstrainer
Genre:	Roman
ISBN:	978-3-7407-5075-6
Titel:	Das Bett des Horroralptraums
Genre:	Horror
ISBN:	978-3-7407-5139-5
Titel:	Der verhängnisvolle Fehler aller Zeiten - Das Haus der Seelen
Genre:	Horror
ISBN:	978-3-7407-5317-7
Titel:	Spannende Abenteuerkurzgeschichten für Kinder
Genre:	Roman
ISBN:	978-3-7407-5415-0
Titel:	Roy Raperpotz im Land der Träume
Genre:	Roman
ISBN:	978-3-7407-1711-7

Titel:	Der grausame Helikopter des Horrors
Genre:	Horror
ISBN:	978-3-7407-2681-2

Titel:	Die Nacht des Horrors
Genre:	Horror
ISBN:	978-3-7407-4812-8

Titel:	Abenteuergeschichten für Kinder
Genre:	Roman
ISBN:	978-3-7407-6328-2

Titel:	Sommerliche Gaystories
Genre:	Roman
ISBN:	978-3-7407-5107-4

Titel:	Die Brücke zum Verrat
Genre:	Roman
ISBN:	978-3-7407-6639-9

Titel:	Das Wolfsmädchen
Genre:	Roman
ISBN:	978-3-7407-6589-7
Titel:	Mysteriöse Thriller-Geschichten aus Deutschland
Genre:	Mysterythriller
ISBN:	978-3-7407-7055-6
Titel:	Der Tod von der Theaterlegende Xaver Stieler
Genre:	Kriminalroman
ISBN:	978-3-7407-8645-8
Titel:	Die spannenden Fälle von Kommissar Black
Genre:	Kriminalroman
ISBN:	978-3-7407-8690-8
Titel:	Spannende Krimisammlung aus drei Kurzgeschichten
Genre:	Krimi
ISBN:	978-3-7407-0620-3

Titel:	Wenn du dich erinnerst...
Genre:	Krimi
ISBN:	978-3-7407-1208-2

Titel:	Der Mörder war nicht der Gärtner
Genre:	Roman
ISBN:	978-3-7407-1056-9